D+
dear+ novel
aisaretagarisan to yasashii mahoutsukai

愛されたがりさんと優しい魔法使い

川琴ゆい華

新書館ディアプラス文庫

愛されたがりさんと優しい魔法使い

contents

illustration : 笠井あゆみ

愛されたがりさんと優しい魔法使い

1

あ、あの人だ——と見覚えのある男性がいることに気付くのと同時に、永瀬史《ながせふみ》はわずかに違和感を覚えた。

東武東上線《とうぶとうじょうせん》、池袋《いけぶくろ》駅。時刻は十九時半過ぎ。

上背《うわぜい》があり、凛《りん》とした佇《たたず》まいの彼はおそらく会社員で、史と同じ沿線に住んでいると思われる。毎朝電車で乗りあわせ、帰りもこうしてたまに見かける人。スタイリッシュなショートヘア、強さとともに色気も滲《にじ》む目元、スマートな体型は目を惹《ひ》く。全体的に都会的な印象の男性だ。

整列していた乗客が次々と電車に乗り込んでいく。史も波に流されるように乗車した。

ひとつ隣のドアから乗ったはずの男性のことがなんとなく気になり、史は辺りを見渡した。

男性はそのドア付近に立っている。彼の全身が見える程度の混雑具合だったので、史がさっきからずっと感じている「なんかいつもと違うぞ」という要因に気付いてしまった。

——なんだろう……あの魔法使いみたいなステッキ。それにネクタイピンがやたらキラキラして……え？　大きなハート形？

偏光《へんこう》色なのかブルーにもパープルにも見える大きなハートのネクタイピン。そしてアタッシュケースのハンドルと一緒に、ファンシーなデザインの水色のステッキを持っているのだ。

わが目を疑う史があんまり凝視《ぎょうし》してしまったせいか、彼がいきなりこちらを振り向き、ばちんと視線が交わった。驚いて咄嗟《とっさ》に目を逸《そ》らし、前髪を弄《いじ》ってごまかす。

センスが行方不明な格好をして、彼はいったいどうしちゃったんだろうか。そういえばいつもはもっと普通のスーツだが、今日はスリーピースで、なんだか英国紳士みたいだ。

――十月中旬とはいえ、日中はその格好だと暑くないかな。……罰《ばつ》ゲームとか？　ハロウィーンにはちょっと早いし、なんかのコスプレ……にしては中途半端な……。

もう、気になって気になって仕方がない。だっていつもは透明の冷たい空気を纏《まと》い、もっとシュッとして、ワイングラス片手に「アーバンライフ満喫《まんきつ》してます」みたいなかんじの人なのだ。

史がそーっと目だけ彼のほうへ向けると、あっちもこちらをじっと睨《にら》むように見ている。

――うわーっ！　めっちゃ見てくる。すんごい睨んでる。どうしよう、怖すぎる！

もう二度と彼のほうを見ないぞと決意し、史はスマホを取りだした。スマホの画面だけ見ていれば、十分もかからず自宅最寄り駅の『ときわ台《だい》』に着くはずだ。

蟀谷《こめかみ》を狙《ねら》って撃たれるかもしれないというほど彼の視線を感じながら、なんとかやり過ごすうち、ときわ台に到着した。例の彼はこの先のどこかまで行くはずだ。

電車のドアが開き、史がときわ台のホームを北改札方向へ進もうとしたとき、なんとその彼も電車を降りていた。史と目が合うと、こちらへ向かって突き進んでくる。

――こっ……こーわ！　こーわ！

あんまりじっくり見てしまったために怒らせたのかもしれない。そっちがいつもと違う変な格好をしているせいなのに、絡まれるのはごめんだ。

史は反対方向へ踵《きびす》を返した。

「きみ！」

あの男に呼ばれている。きみって誰ですか僕ですか、なんて確認する気はない。

「きみ、待ってくれ！　俺のことが分かるんじゃないのか？　俺を知ってるんじゃないのか？」

そう問われて、史は思わずほんの少し後方へ目をやった。声があまりに必死だったからだ。

「頼むから答えてくれ」

史はついに立ちどまり、おそるおそる彼のほうを振り向いた。

予想と違い、男は怒っているわけではなさそうだ。むしろ何かに困っているような、焦《あせ》っているような、それでいて不安そうな顔をしている。

でも史は答えに迷った。知っているといっても『電車の中でよく見る人』という程度だ。

史がそれを説明しようと口を開きかけたときだった。酔っ払いなのか、大声で独《ひと》り言《ごと》を喚《わめ》きながら歩く中年男性が史の視界の端に入る。中年男性は周りが見えていないようで、このままではぶつかりそう――その少し前に『当駅を準急列車が通過する』とのアナウンスがあった。

いやな予感は的中した。柔道でもやっていそうな分厚いガタイで、史のひょろっとした身体に思いきり激突してきたのだ。「あっ！」という悲鳴を上げたのは自分か、それとも魔法使いみたいな彼のほうだったかもしれない。

――こんな不慮《ふりょ》の事故を防ぐために早くホームドアを設置してくれって思ってたんだー！

その瞬間、史の身体は大きく線路に投げ出された。電車のふたつのライトが史の身体を照らす。まるでスローモーションの映像の世界に、自分の身体ごと放り込まれたようだ。

死んだ――駅を通過する電車に轢《ひ》かれれば、きっと木っ端《こっぱ》みじんだ。

しかし身体に衝撃がこない。史はいつの間にか閉じていたまぶたを、慎重に、そうっと上げて驚いた。史は魔法使いみたいな彼に抱きかかえられ、線路の上の、宙に浮いている。それだけじゃなく、電車も人も風も、すべてがとまっていた。

「…………！」

信じられない光景に史は瞠目《どうもく》し、自分を横抱きにした彼の気遣《きづか》わしげな顔を唖然《あぜん》と見上げる。

次にはっとしたときには、ごうっと風を切る音がして、史のすぐ傍《そば》を電車が走り去った。

確実に電車に轢かれるところにいたはずなのに、何が起こったのか。

「だいじょうぶかっ？」

助けてくれた彼がそう声をかけてくれるものの、史は茫然《ぼうぜん》としたまま声が出ない。

横抱きにされていたのを足から地面に下ろされ、史は目を瞬《しばたた》かせた。手も脚も身体も木っ端みじんではないし、どこも痛くない。電車に轢かれることなく、助かったようだ。

背後から「だいじょうぶですか?」との女性の声が耳に届くが、男が「だいじょうぶです」と史の代わりに答えた。

「は……あ……っ……」

意味のない喘《あえ》ぎしか出せず、今さら感じる恐怖で手足が震える。

「きみ、ここにいるのは危ない。そこの椅子のところまで動けるか?」

史は男に支えられてへろへろと歩き、待合用の椅子に腰掛けた。すると男がアタッシュケースの中からペットボトルを一本取りだし、「未開封だ」と差し出してくれる。

史はぺこりと頭を下げてそれを受け取ったものの、自分でキャップすら開けられないありさまだ。そのため男が開封し、再び手渡してくれた。

冷たい緑茶が喉をとおり、ひと息ついたところで少し落ち着いた。

「すみません。お茶、ありがとうございます」

「もっと必要なら言ってくれ。なんでも出せる」

なんでも、という言葉に引っかかるが、史は「いえ、これだけで」と会釈《えしゃく》した。

史にぶつかった中年男性の姿は辺りにない。だからよけいに狐につままれたような気分で、現実のことだったのか釈然《しゃくぜん》としないが、史は彼に礼を伝えようと身体を向けた。

「あの……助けてくださって、ありがとうございます。なんか……一瞬、夢でも見てたのかな。

時がとまって、あなたに抱きかかえられて身体が宙に浮いてたような」

説明しながら自分で「何言ってんだろ」とちょっとおかしくなり、史は笑った。

「俺が魔法でそうしたからだ」

男は真顔だ。こんな冗談を言うタイプだったなんて、人は見かけによらない。

しかし『魔法にかけられた』と表現しないと説明のつかないことが起こった気はする。それとも、自分の身体が線路側へ落ちかけたというのは勘違いだったのだろうか。

「……あ、そうか。ふらふらっとしたところを、ホームのぎりぎりで助けてくれたんですよね？　じゃなきゃ死んでたし」

ところが男は肯定するでもなく無言だ。そこで別の可能性を考え、史は背筋がひやりとした。

「……もしかして……僕、……死んでる、とか？」

やはり列車に轢かれたのが現実で、ここは死後の世界なのかも、と思ったのだ。当人だけが死んだことに気付かずにいた、なんてオチの映画や小説をいくつか知っている。

「いや。間違いなく、俺がきみを助け、きみは生きてる」

すると男はいきなり史の手首を軽く摑み「脈もある。心臓は動いている」と断言した。

パーソナルスペースなどまったく気にしない彼のその行動に史のほうは面食らいながらも、自分の胸に手を当てた。彼の言うとおり、たしかに史の心臓は動いている。では線路側に落ちかけたのは『ただの勘違い』だ。

「俺が魔法を使ってきみを助けた」

繰り返されて、彼なりの冗談だろうと解釈《かいしゃく》し、史は「はは……」と控《ひか》えめに笑った。彼の雰囲気からして、笑っていいのか分からないのだ。愛想笑いに彼はとくに反応せず摑んでいた手を放してくれたので、史は話題を変えることにした。

「ご迷惑でなかったらお名前とご連絡先をお伺《うかが》いできますか？　お礼をまたあらためて……」

「俺は魔法使いだ。名前は……分からない」

そんな職業はこの世にない。アミューズメントパークの演者だろうか。

「……魔法使い……のお仕事をされてるのに、名前が分からないんですか？」

「自分がどこの誰なのか、思い出せない。記憶がないんだ」

「でも、あの、毎朝、東上線に乗ってますよね？　この沿線にお住まいじゃないんですか？」

すると男は涼しげな目をカッと見開いた。そういうふうにすると、意外と目が大きい。

「やはり！　きみは俺を知っているんだな⁉」

男が史に飛びつきそうな勢いで身を乗り出してくるから、ぎょっとする。

「し、知ってるっていっても……電車の中で見かけるってだけです」

「見かける……？　見かけるだけ、なのか？」

男は少し落胆《らくたん》したようで、声のトーンががたんと落ちた。

「はい。どこのどなたなのかは……。朝、池袋で降りて、帰りは……僕は十九時半から二十時くらいですけど、あなたを見かけることもあるかなー……くらいで。あ、あと、その……」

史はちらっと彼の手元の、おもちゃにしては装飾が凝《こ》ったステッキに目を向けた。

「あなたがそういうのを持ってるの、はじめてだったから、気になって、電車の中でちょっとじろじろ見てしまって……ごめんなさい」

「あ……いや、俺は『お互いに知っている者がこの世にたったひとりいる』とだけ知らされてて、今日は池袋で一日中、あてもなく『俺を知る人物』を探していたんだ。だからきみがその『唯一の人』なんじゃないかと……」

お互いに知っている者——とのキーワードに、史は反応した。すると彼ははっと目を大きくして、言いにくそうに顔を俯《うつむ》けた。

「……きみのことを、俺も毎日、電車の中で見ていたことを思い出した。とはいえ、もちろん、それだけだったから、俺もきみが『唯一の人』だと確信を持てずにいたが」

お互い密かに存在を認識していたようで、それがなんだかてれくさい——が、あきらかに腑《ふ》に落ちない部分が出てきた。

「電車の中で会う僕のことは知ってるのに、自分の名前は分からないって変じゃないですか」

「たしかにおかしな話だが、俺が自分自身について分かるのは『魔法使い』で、『きみを知っている』ということ。お互いを知るその唯一の人物を、俺はしあわせにしなければならないということくらいだ」

「……しあわせにする……？」

史は自分を指さし「つまり、僕を？　ですか？」と『自称・魔法使い』に問いかけた。男は至極《しごく》まじめな顔でうなずく。

――しあわせとは？

漠然としている。とはいえそれは、名前も知らない人から貰《もら》うようなものではないはずだ。

「……あの、僕はそろそろ帰らないと。お仕事の名刺か何か持っていらっしゃるなら」

「だから、名刺なんてない、ほんとに」

これ以上この人と四方山話《よもやまばなし》をしていたら夜が明けてしまいかねない。しかしこの会話の間に、恐怖に竦《すく》んでいた身体も気分もすっかり落ち着いた。だから命を助けてもらったお礼をしたいのは本心だ。

史は椅子から立ち上がった。すると『自称・魔法使い』は、絶望に満ちた顔をする。

「家も……名前も……何も覚えていない。アタッシュケースの中にカラの財布とまっさらな手帳が入っていたが、俺の個人情報は何ひとつなかった……魔女にすべて奪われたんだ」

「魔女」

またなんだかうさんくさいワードが出てきた。だから彼の頭を抱《かか》える姿が芝居じみて見える。二次元の世界と現実を倒錯《とうさく》か混同しているような人なのかもしれない。

「お願いだ。きみだけが俺の希望だ。俺はきみをしあわせにしないと普通の人間に戻してもらえない。きみを助けた代わりに、俺を助けてほしい」

命を助けたんだから助けてくれ、と一方的に交換条件を出されている。

困惑する史に、男は懸命《けんめい》に続けた。

「何か、してほしいことはないのか？　きみが望むことなら、俺はなんでもしてやれる」

「……いや……これといって……」

「なんだ。欲しいものはないのか？　地位や名誉なんて漠然とした望みを叶《かな》えるのは難しいから、具体的に『今勤めている会社の社長になりたい』とか『一千万円欲しい』とか、そういうふうに言ってもらえれば」

史は彼の訴《うった》えに顔を険《けわ》しくした。タダほど怖いものはない、という祖母の教えを思い出す。

「お金をあげる」なんて、ぜったい碌《ろく》なやつじゃない。

「あの、ほんとにお金とか、けっこうです。そもそも僕がお礼をしたいって言ってるのに」

「無欲なのか？」

「物欲は、まぁ……人並みかな。でも欲しいものは自分で買います。僕は祖父母から受け継いだ自分のお店を持っていて、お金持ちじゃないけど、日々の生活にもべつに困ってないし」

史はたまご料理のテイクアウトのお店を、池袋の中心から少し離れたところで営んでいる。ひとりでお店を回しているからたいへんなこともあるが、マイペースで気楽だし、おかげさまで黒字経営が続き、贔屓《ひいき》にしてくれる常連さんもいて、今の暮らしに満足しているのだ。

「お願いだ。きみの願いを叶えさせてほしい。俺は魔法使いをやめて、もとに戻りたいんだ。自分が何者なのかわけも分からずに、魔法使いとして生きるなんて途方もなさすぎる」

懇願《こんがん》され、史は戸惑った。なんだか彼が冗談を言っているようには見えない。男の声が心からの悲鳴に聞こえた。

「きみは、悩みのひとつもないのか？」

「悩み……？　悩み……あぁ、悩みなら、あるかな」

「願いは？」と訊《き》かれると思いつかなかったが、史にはひとつだけ、自分の努力ではどうにもならない悩みがある。本当はもうあきらめているから悩んでいないが、身体的な不都合だから『悩み』に括《くく》った。しかしそれをよく知らない人に打ち明けたくない。

史はこれまでずっと勃起《ぼっき》不全であることを隠して生きてきた。そのせいで性経験はゼロだ。自慰《じい》をすれば快感を得られるが、射精できたとしても申し訳程度。もっと若い頃は悩んだこともあったが、彼女はいないし、恋人を欲しいとも思わないから、勃起不全でも差し迫《せま》って困ることがない。

「頼む。それを俺に解決させてくれ！　俺がもとに戻るチャンスをくれないか？」

何かとんでもない無理難題でも突きつけないと、この男はぜったいにあきらめないのではないか——史は助けてもらった恩義と、この会話につきあいきれないという気持ちの狭間《はざま》にいた。だいたい魔法使いだなんて、そんなファンタジーな人が現実にいるわけがない。

「メスイキ……メスイキしてみたい」

咄嗟《とっさ》に口から出たのは、そんな『願い』だった。最近何度も見てしまう『メスイキえちえち動画』が頭に浮かんだのだ。勃起しなくても何度も絶頂し、射精以上の快感をアナルで得られると謳《うた》っていた。だったらそっちを経験してみたい、それなら自分にも可能かも、という好奇心はある。

『勃起不全』から派生した願い、それが『メスイキしてみたい』だった。

「メ……メスイキ？　メスイキとは？」

魔法使いは首を傾《かし》げている。スタイリッシュでイケメンでモテそうな彼が分からなくても仕方ない。普通の男性は『メスイキ』に興味がないし望まないだろうから、言葉そのものを知らなくて当然だ。史のほうも、本気で彼に叶えてほしくて言ったわけではない。撒くための方便だ。

「ネットで調べてください。じゃあ」

史は踵を返した。今度こそ北改札のほうへ向かう。ところが魔法使いは「待って。待ってくれ！」と史のあとを追ってきた。

史がＩＣカード乗車券を翳《かざ》して改札を抜けると、なんと魔法使いもＳｕｉｃａを持っている。

「えっ、うそっ、カード持ってるじゃん！　財布の中身はカラじゃなかったんですか？」

「このカードだけ財布に入ってたんだ。ただし無記名で、乗車履歴《りれき》もない。残金は百円を切ったからもう乗れない」

魔法使いに腕を摑まれ、史は「ちょっと！」と思わず勢いでその手をはたいてしまった。しかしそのせいで、彼の顔の必死さがさらに増す。

「怪しまないでくれと言われても難しいだろうが、頼むから見捨てないでくれ！」

「見捨てっ……そんな人聞きの悪い言い方しないでくださいよ」

騒いでしまったため、通りがかりの人が不審そうな目で見てくる。このままでは通報されそうだ。通報されたほうがいいかもしれないが、そうなると『自称・魔法使い』の彼が不憫《ふびん》に思えた。基本的に彼に悪いことは何ひとつされていないからだ。

「命を助けた代わりに、今度はぜひ、きみをメスイキさせてくれ！」

「おっ……大声でやめっ……！」

それほど混雑する駅ではないが、帰宅時間帯だからそこそこ人はいる。史は魔法使いの腕を摑んで端のほうへ誘った。

「あなた……魔法使いなんだったら、Ｓｕｉｃａの残金を一万円にするとか、その辺どうにでもできるんじゃないんですか？」

「自分のためだけの魔法は使えないんだ。自分本位な願いの場合、魔法を放つこのステッキにロックがかかる」

「何それポンコ……ツ……すぎませんか」

思わずぽろっと言ってしまったが、魔法使いは気を悪くなどせず、強いまなざしでこちらの目を見つめ、史の手を両手でしっかりと掴んだ。

「俺はきみをしあわせにできる。しあわせにさせてくれ」

魔法使いが切ない表情で懇願《こんがん》してくる。

男前の彼に求婚されているような気分だ。しあわせにしてあげる、でもなく、しあわせにさせてくれだなんて。こんなことを人に言われたのははじめてで、不覚にも史は心が揺れた。

——この場で消えてくれ、って願えば、この人は消えてくれるのかな。

しかし、そんな底意地の悪そうなお願いはできないとすぐに思い直し、史は奥歯を噛んだ。

「……い、家……自分の家、ほんとに分かんないんですか？」

魔法使いは地面に置いたアタッシュケースをがばっと開けて、中を見せてきた。財布や手帳を出し「確認してくれてかまわない」と史にすべてを明け渡してくる。

「魔法使いなんて言う俺のことがうさんくさいのは重々承知だ。ただの不審者と変わりない。金もない、行くところもない。きみをしあわせにできないなら……このあとどうやって生きていけばいいのか、皆目《かいもく》見当がつかないんだ……」

もう生きる術《すべ》がないと絶望したように、記憶喪失の魔法使いは広げたアタッシュケースに手をついてうなだれてしまった。

少し離れたところで、通行人が警官に声をかけてこちらを指さすのが見える。このままでは本当にふたり纏めて職質されかねない。

「ちょっと……そんな……跪《ひざまず》かないで、上等のスーツが汚れるし」

史がなんとか彼を立ち上がらせると、魔法使いは打って変わって静かに史を見つめてくるから、その潤《うる》んだ眸《ひとみ》にどきっとした。

迷いはある。あるけれど、悪い人には思えない。しかしそこに確たる根拠《こんきょ》もない。

「条件があります。うち……駅を出てここから十分近く歩くんですけど……もし……二秒で玄関前に着いたら、あなたが魔法使いだってことを信じて、泊めてもいいです」

急展開に男はぽかんとしている。

魔が差した、としか言いようがない。こんな不審者、そこの警官に引き渡すか、近くの交番に突き出せばいいだけの話だ。だけど史にはできなかった。あのホームでの出来事は夢や妄想《もうそう》や勘違いではない気がするし、彼が嘘をついているようには見えなかったのだ。

「二秒……二秒で着けば信じてくれるんだな？　承知した。きみの自宅の住所を教えてくれ」

「……ほんとは詐欺師《さぎし》なんじゃないの？」

胡乱《うろん》な目で訊ねる史に、男は無駄にきりっとした顔つきで「魔法使いだ」と答えた。

『自称・魔法使い』はたしかに魔法使いだった。

史《ふみ》がひとりで暮らしているのは、以前は祖父母の名義だった古い一軒家だ。その玄関前に駅から二秒で着き、約束どおり史は魔法使いを家に上げた。驚きはしたけれど、彼が嘘をついていないことにむしろほっとした。詐欺師とかもっとヤバい人は世の中にたくさんいるからだ。

とはいえ、玄関前に着いたとき史は腰を抜かし、魔法使いは「宙に浮いたり空を飛んだりするより、瞬間移動はひどく体力を消耗《しょうもう》する」と肩で息をしていた。

そんな魔法使いは今、史が出したお茶を正座で啜《すす》っている。畳《たたみ》敷きの和室をフローリングにリフォームしたリビングで、史もローテーブルを挟《はさ》んでその向かいに座り、遅めの夕飯を彼と一緒にとることにした。夕飯のおかずは、店の残り物や周辺の惣菜店《そうざいてん》からいただいたものだ。

「……その魔法のステッキ、ＡＩスピーカー搭載《とうさい》なんですね……」

彼がステッキに向かって行き先の住所を告げると、ＡＩが『こちらです』と答え、あっという間に家に到着したのだ。

「しかしメスイキは『Ｗｅｂで見つかりません』としか返ってこないんだ。なぜだ？　ネットスラングか？　女子高生の間でのみ流行している言葉とか？」

「女子高生の日常会話には出てこないと思う……。こういうあまりにも卑猥《ひわい》な言葉だと、検索《けんさく》結果を喋《しゃべ》らせないようにそのステッキのAIが制限されてるんじゃないかな」

「卑猥？　『メスイキ』は卑猥なことなのか？　あ……セックスに関する言葉？」

きれいに整った顔で真剣に訊かないでほしい。

「まぁ……食事前だしそれは置いといて。『魔法使いさん』だと呼びにくいので、あなたの名前、何か決めませんか？　ちなみに僕の名前は永瀬《ながせ》史。歴史の史で『ふみ』。二十六歳です」

「俺の呼び名は史が決めてくれ」

ペットを飼ったこともないし、名付けははじめてだ。自分の店の『たまむすび』も散々悩んで結局、祖母がつけてくれた。たまご料理専門店で、人と人を結ぶ縁やつながりを意味する『むすび』という言葉で括《くく》ったもので、史も気に入っている。

「魔法使いさんの名前……そうだなぁ……」

魔法使いで、容姿や服装を含めて全体の雰囲気も異国の人みたいだし、カタカナの名前がいいかなと、漠然と考える。しかし何か条件を絞《しぼ》り込《こ》まないと途方もない。

史が好きなスポーツはサッカーで、彼の格好が英国紳士みたいだから『現イングランド代表チーム』の中から決めるのはどうだろうかと考えた。さっそくスマホで検索する。

「レイ……とか。日本人の名前にもあるから、呼びやすいし」

「では、レイでいい」

こだわるポイントではないらしく、彼はすぐに承諾《しょうだく》してくれた。

あまり悩まず決まったことにほっとしたら空腹を覚えて、「とりあえず、晩ごはん食べませんか」とレイにすすめる。

彼は「いただきます」と手を合わせ、最初に史の店のたまご料理に箸《はし》を伸ばし、ひとくち食べた。史が見守っていると、レイは咀嚼《そしゃく》しながら目を瞬かせる。

「……！　うまい。ん……これは何が入ってるんだ？　じゃがいも……じゃないよな」

「それは今日うちのお店で出してた『ユリ根のオムレツ』。黒こしょうとレモンをかけてる。イタリアではオムレツにアーティチョークを入れるんだけど、代わりに食感が似てるユリ根を使って、それっぽくしてみたんだ」

定番商品の他に、こういう限定メニューを並べることもあるのだ。

レイはその味付けがずいぶん好みだったようで、三口ほど続けざまに食べてもう一度「おいしい」と頬をゆるめてつぶやいていた。いい反応で、史もうれしくなる。

「ところで、その、史の店というのは？」

「テイクアウトのたまご料理専門店。僕が子どもの頃からたまご料理が好きで。もともとは祖父母が高齢者向けの惣菜店をやってたんだ。ふたりとも、もういないけど。ばあちゃんが亡くなる一年くらい前に、『やりたいようにやっていいから』って、店を僕に」

かわいがってくれた祖父母がよく史に作ってくれたのが、素朴《そぼく》な味のだし巻き玉子だった。

当時から店ではいちばんの売れ筋で、今も史は味を変えることなく出している。

「池袋《いけぶくろ》の駅から少し離れてる、八坪《つぼ》もない小さな店をひとりでやってます。今年で三年目」

レイは「そうか」と感心したようにうなずいて、再び食べ始めた。

「さっき……ときわ台で話したとき魔女がどうとか言ってたけど、その『魔女』が、レイを魔法使いにしたってこと？　そういえば今朝は、電車でレイを見なかったな……」

「気がついたときには目の前に魔女がいて、『おまえの心臓と引き替えに魔法を使えるようにしてやった。人をしあわせにできなければおまえの心臓を喰《く》う』と」

その魔女が消えると、レイは池袋の駅にいたらしい。あてもなく駅の周辺をうろつき、東《とう》上線《じょうせん》に乗ったようだが、偶然というよりその魔女の導《みちび》きがあったのかもしれない。

「魔女……もちろん、知らない人なんですよね？」

レイはうなずいて、テレビの画面を指さし「この女性に似ていた」とつけ加えた。見ると、歯に衣着《きぬ》せぬ物言いで人気の、デラックスな体型のタレントが喋っている。

「この人、こう見えて男性です……それはまぁいいとして、その『デラックスな魔女』に、レイは心臓を仮押さえされてる、ってこと？　レイこそほんとは死んでる……とかじゃ……」

「心音はないが、手首にふれると脈があるし、血も流れている。体温だってある」

レイは胸の辺りを手で押さえ、そう主張した。たしかに見たかんじでも、ゾンビやおばけではなさそうだ。

「今分かってる範囲で話を纏めると……魔法を駆使して僕をしあわせにしないと、レイは普通の人間に戻れない……っていうか、魔女に心臓を喰われて死んじゃうわけか」

史のまとめに、レイは神妙な顔で「そういうことだ」とうなずいた。

「レイは電車で見かける僕のこと以外の記憶を失ってるけど、レイを知ってる誰か……家族とかが捜索願いを出してないかな」

「警察には行ったが、だいぶなおざりにされた印象で、これといって手がかりはなかった。魔女の話では、家で俺の帰りを待つ者はいないらしい。とはいえ、関わりがあった人は俺のことを覚えていると思うが……」

既婚者でもないし、同棲中《どうせいちゅう》の彼女などはいないということのようだ。たしかに、史をしあわせにする一方で誰かを悲しませるようなことがあってはならない。

「そっか。じゃあ職場の人とか、レイが仕事に来ないから心配して探してくれるかもしれないってことか。それならなんとかなりそう」

そのうちにレイの身元が判明しそう、という希望は持てる。

「食事もすんだし、俺は一刻も早く史を『メスイキ』させたいのだが。卑猥な行為という、その詳細《しょうさい》を知りたい」

「……レイの事務的な言い方……ちょっと複雑な気持ちになります……」

互いに恋愛感情がないし、多少事務的になってしまうのは仕方ないかもしれないが。

史はレイの横に並んで座り、タブレット端末をテーブルに立てて置いた。言葉で説明するのはむずかしいし恥ずかしいので、手っ取り早く動画を見せることにする。

——ほぼ初対面の人とこんなエロ動画を並んで見るとか……カオス。

レイはまじめな顔で、食い入るように『トゥインク・メスイキえちえち動画』を鑑賞《かんしょう》した。

『トゥインク』は体毛薄めでスタイルがいいきれいめ男子を意味するスラング。つまり男女ものじゃなくて、ゲイ動画だ。画面ではアイドル顔の男が「アンアン」喘いでいる。

「……史はゲイなのか」

「いや……どうだろう……僕もこれを興味津々で見るまでは普通にヘテロだと思ってたし、性経験以前に恋愛経験がなさすぎてなんとも……」

つまりバイセクシャルなのかもしれないが、男を見て性欲が湧くわけじゃなく、あくまでも興味があるのは『メスイキ』の部分だけだ。

動画だけでは詳細が分からないので、レイはネット検索し、メスイキの仕組みやポイントを理解しようと懸命だ。勤勉な様子のレイの隣で、史は自分の半生をぼんやり振り返っていた。

思春期の頃から勃起しても半勃《だ》ち程度だったので、先天性のものかもしれない。オナニーでも性感は得られるが毎回射精に至らないから、『イク』絶頂感に憧《あこが》れみたいなものはあると思う。

「なんか……今さらこんなことを言うのもってかんじですけど、ただの興味ってレベルで、ど

うしてもメスイキしたいってわけじゃないし、できたらいいなくらいの気持ちだし……」

勃起不全で積極的になれないためか、好きな人ができたこともない。交際経験もない。だが、これまでそこに焦る気持ちは起きなかった。

「史がしあわせになれるような、他に何か希望があるなら叶えるが」

この『しあわせになれる』は漠然としているが、きっと重要なポイントだ。

「お金や地位や名誉だと、『自分の力じゃなくて人から与えられたもの』って頭の隅にあるだけでもう、不幸な気がするんですよね……。実力じゃないからいつ失うか分からない点でも不安だし。でも快楽っていう頂点の一瞬の多幸感を得たあとは、恋愛感情がないなら排泄《はいせつ》行為と同じで罪悪感も何も残らない……あ、長々とすみません、訳が分からないですよね」

「いや……分かるよ。一瞬とはいえしあわせを感じられれば、おそらく俺の魔法使いとしての目的も達成できるし、史がうしろ暗い気持ちにもならないということだな」

「た、たぶんですけど」

なんだか必死に、メスイキについて正当化しているだけのような気もするが。

とりあえず史には『魔女にレイの心臓を返してもらうため』『助けてもらったお礼で』という大義名分がある。

そろそろメスイキに興味を持った理由を打ち明けないと話が通じにくいので、史は膝を抱えて「じつは……」と自身が勃起不全であることを語った。レイは表情を曇らせたり気の毒そうにしたりというような反応をとくにしないで、淡々と聞いてくれる。

「そうか……それはつらかったな」

「……いや、これといってつらいと思ったことは」

「しかし、誰にも相談できないでいたなら、それでさみしい思いもしただろう」

そう言われて振り返ってみれば、「彼女ができた」という友だちの話を聞くばかりで、内心で「僕には一生こないイベントだな」と思いながら笑顔を作っていた。あのとき胸にわだかまっていたのは、『さみしさ』だったのかもしれない。

「史はどうしてこれを『されたい側』なんだ？　勃起不全を治せば女性とだってできるのに」

「まぁ、そう言われると……ですけど。自分がこっちもアリって気付いたのはこの動画を見たときで、最近のことなので。女性としたくないのかと言われれば、そういうわけでもないし」

自分が勃起不全だからか、タチ役になりたいとは最初から考えなかった。それにメスイキ動画に興味を持って、高揚《こうよう》もしているのだから、女性だけが恋愛対象、性対象でもないのだろう。

「治ったところで今から恋愛を始めるのだってハードル高いし、風俗とかはいろいろ無理……。それより、メスイキだと射精の十倍以上の快楽で、何度も気持ちよくなれるなんて知ったら、こんなの興味しか湧かない――のは僕だけかもだけど」

恥ずかしい告白だからどうしても声が萎《しぼ》んでしまうけれど、レイはその辺りを気にしていない様子だ。

「史に本当にしあわせを感じてもらえそうかが、気になってしまった。俺は史が無理や遠慮《えんりょ》などしてなければそれでいい」

希望を言ったのは史なのに、レイはとことん気遣ってくれている。

「他に『しあわせになれる希望』を思いつかない僕もどうかと思うんですけど……むしろレイのほうに、こういう行為が生理的に無理とか嫌悪感はないのかって、そっちが心配」

「嫌悪感？　それは考えもしなかったな。俺は史をしあわせにしたいという気持ちしかない」

当然のことのようにレイがそう言いきったから、不覚にも史はどきんとした。王子様みたいな男にまっすぐな目で口説《くど》かれている気分になって、なんだかてれてしまう。

——額面どおりで口説いてるつもりはないんだろうし、変な格好してるけど、中身はきっといい人なんだろうな。

史の普通じゃないお願いを、レイは受け入れてやさしく接してくれる。それだけで、少し安心もした。

「とにかく試してみよう。実際にしあわせを感じるかどうかは、やってみないと分からない」

実験に取り組む直前の研究者みたいな意気込み方に、史は思わず破顔する。するとレイが史の手を握りじっと見つめるので、何事かと見守っていたら、突然顔を近付けてきた。

「わっ、何！」

仰《の》け反《ぞ》った史に対して、レイは心外そうな表情だ。

「キスをするのになぜ逃げる？　一般的なセックスの手順どおりだ。アナルはそもそも挿《い》れる場所ではなく排泄器官。無理を強《し》いることになるから、心と身体をリラックスさせることや雰囲気づくりも大切だと、ネット上の記事に書いてあった」

「ふ、雰囲気づくり？」

「愛しあっている恋人同士のような。だからとりあえず手を握り、キスから始めるものかと。不測の事態にいきなり巻き込まれて戸惑っているだろうが、俺を信頼し、身を任せてほしい」

レイにふざけている様子はない。恋人同士ではないのだから、雰囲気づくりがむずかしいのはレイだけのせいじゃないのだが……。

「だからっ……レイの言い方って事務的で、その雰囲気に入り込めないっていうか……」

するとレイはぱちぱちと瞬いて、「どうしたら……」と眉を寄せた。

「たとえば、まずお互いに敬語をやめる、とか？」

史の提案にレイは「敬語……」と戸惑いながらも、やってみようと決意したのかうなずいた。

「自然に話せるかな……違和感があったらすまない……あ、ごめん」

一生懸命に対応しようとするレイが、ちょっとかわいく見える。それで気持ちがほどけて史が笑うと、つられてレイもはにかんだ。

「普段からそういう話し方なのかもしれないよね。僕こそ、ごめん。でも、僕だけでも敬語をやめたら、ずいぶん違うかも」

「そうか、な？」

最初は「魔法使いだ」と自称するレイのことを素《す》っ頓狂《とんきょう》だと思ったが、基本的にまじめでいい人だ。それに、言うに事欠いて「メスイキしたい」と要望する自分も、だいぶぶっとんでいる。なんだかお互い様だな、と思ったら、すっと気持ちが切り替わった。

「僕はキスですら、軽くちゅってやつしかしたことない。高校生のとき、すごく積極的な同級生の女の子がいて……。つきあえなかったけど」

「何も心配しなくていい。そして史のアナルも大切にする」

「あの……だから、そこに『アナル』っていう説明はいらなくない？」

かといって「史を大切にする」と言われても、恋人ではないのだから違和感しかないが。

なんだかおかしくて肩を震わせて笑うと、レイに見つめられていることに気付いた。

「史は……笑うと目がなくなるな。アルパカみたいでかわいい」

「アルパカ？　え、それ褒《ほ》めてる？」

微妙な評価をされて笑っていた史に、レイが前触れなくくちづけてきた。戸惑っているうちにもう一度押しつけられ、今度はそっと啄《ついば》まれる。くちびるが薄くふれあったまま「史」と呼ばれたとき、背筋にぞくっと甘い痺《しび》れが走った。

「舌を絡めあうようなキスをしてもいいか？」

事務的な言い方なのに、なぜかこれにはどきっとする。

両手でサイドの髪をなでられながら史が無言でうなずくと、レイはそっとくちびるを重ね、再び啄み、史の上唇だけしゃぶるようにして「口を開けて」とやさしく命令してきた。

閉じていた歯列をおそるおそる開ける。手のひらで史の頭を掬《すく》うように支え、深くくちづけられた。舌を舐《な》め、啜《すす》られて、史は気持ちよさから声を漏らしてしまった。

「……キスって、こんなに気持ちいいんだ」

思わず素直に感想をつぶやいたので、レイがうれしそうに喉の奥で笑っている。

いきなり奪うようにされて驚いたけれど、いやじゃない。嫌悪感がないどころか、なんだか目を合わせづらく感じるほどてれた。ついさっきまで「雰囲気づくりが」と言いあっていたのに、あっという間に鼻先がふれあうくらいのゼロ距離だ。

「史をしあわせにする」

茫然とレイを見つめると、すうっと顔が近付いてきてまたくちづけられた。

愛《いと》しいものをかわいがるような甘いキスに、胸がきゅっと窄まる。恋人ではないのに、そういえばレイは最初から「しあわせにする」と断言している。

だから「史を大切にする」でも違和感はなかったかもしれないと思いながら、史はレイの背中に手を伸ばした。

本来なら念入りにほぐすとか拡張するとか、アナルセックスのためには相当の準備が必要だ。史の自宅に専用ローションなどないが、レイがなんとあのアタッシュケースの中から行為に必要なジェルを出してきた。ときわ台で見たときはそんなものは入っていなかったので、あの有名な青猫ロボットのポケットみたいに、本当に『なんでも出せる』のかもしれない。

ふたりはリビングから隣の寝室へ移動した。レイはジャケットを脱いだものの「このネクタイを取ろうとすると、首を絞《し》められるんだ」と恐ろしいことを言うので、シャツとネクタイをややゆるめただけの着衣のまま、史はインナー代わりのTシャツ一枚という格好でベッドの上にいる。

ところが物事はそこからすんなりとは進まず、史は涙目でレイを睨んだ。レイが魔法をかけたはずなのに、メスイキ以前に、指を挿れられただけで呻《うめ》くほど痛いからだ。

するとレイは史の上で、あのファンシーな魔法のステッキを手に「イアテサシキウセン」と謎《なぞ》の呪文を再度唱《とな》えた。客観視すればだいぶおもしろい画になっているはずだが、史のほうはそれどころじゃない。強烈な異物感と鈍痛が続いて半泣きだ。これでは、興味本位で自分で弄《いじ》ってみたときとなんら変わりない。

「いや、やっぱいやだ、無理、痛いし！　魔法使いなんて嘘なんだろっ」

「史、落ち着いて。すまなかった。もう痛くないはずだ。さっきは魔法の呪文を一文字まちがっていた。俺も今日魔法使いになったばかりだから……」

「まちが……？　何それポンコツすぎな……あっ？　う……！」

文句の途中でレイが史の内壁をなぞるように指の腹を大きく滑《すべ》らせると、突然じぃんとつま先まで痺《しび》れるような快感が走った。味わったことのない、はじめての感覚だ。

「あっ……あ、何っ……ん……」

史の反応を見張っていたレイが目を大きくした。

勘違いではないことを確認するように、もう一度指で内壁をこすり上げられる。アイスクリームスプーンでとけかけのクリームをまったりとスクープするような動きに、史は喉をひくひくとさせた。

「ま、待って……待って、レイ」

「どうした？　よくないのか？」

レイが気遣ってそう問いかけてくれる。史は、指の動きがとまっている間に呼吸を整えた。

「わ……からない……けど、なんか、すごく……気持ちよかった気がする……」

自分でしたときとも、さっきともぜんぜん違う。今度は魔法が効いているらしい。

「レイ……今のもう一回……」

とめたのは自分なのに、さっきの気持ちよさをまたすぐに欲しくなってお願いした。望んだものを与えられるまで待つ間も、渇求《かっきゅう》でぞくぞくと背筋が震える。

レイが再び、さっきと同じように指を動かし始めた。

目を瞑《つぶ》って、内襞《うちひだ》を抉《えぐ》るようなその動きに集中すると、徐々に高まってくる。

「……はぁっ、……ん、ふっ……っ……」

レイの丁寧な愛撫に、史はどうにもじっとしていられず身体をくねらせた。興奮で胸が大きく波打ち、快感で下腹が震える。違うところもたくさん弄ってほしい。でもどうしたらいいのか分からなくて、欲しいものをねだって駄々をこねる子どもみたいに身を捩《よじ》るしかない。

「史……もっと、動かしたほうがいい？」

不安そうにレイに問われ、史はシーツに這いつくばってこくこくとうなずいた。

指を増やされ、今度はピストンされたり、ぐしゅぐしゅと音がするほど掻《か》き回《まわ》されたり、指のつけ根まで押し込まれたまま中を揉《も》みしだかれたりして、そのどれもに史は悦《よろこ》んだ。

頭の芯が痺れて、酔っ払ったときのように身体がふわふわする。

「……レイ……きもち、いい……っ……嘘みたいに……ぜんぶ、気持ちぃ……」

「そうか……よかった」

濃厚な快楽に脳がとろけ、羞恥心《しゅうちしん》が薄れて、史は譫言《うわごと》のように「気持ちいい」「もっと」と口走っていた。

肩で息をしながら、背後をそっと振り返った。潤んだ視界の先でレイと目が合う。

それから史はレイの下肢《かし》へ目を遣《や》った。そのスラックスの下がどうなっているのか——ずっと彼の硬いものが脚に当たっていたから、史は分かっている。

束《たば》ねた指よりその逞《たくま》しいものでこすってくれたら、今よりもっと気持ちよくなれそうだ。

「……レイのを、挿れてほしい」

レイの腕を少し強く引っぱると、背中を這《は》い上《あ》がるようにして史に寄り添ってくれた。

腹這いのまま尻を高くされて、すぐさま後孔《こうこう》にレイの鋒《きっさき》が押しあてられる。ふちをぴったりと塞《ふさ》がれて、そこに圧を受け、史は期待で頭がいっぱいになりぶるっと震えた。

ぬぷん、とレイの尖端《せんたん》が史の中に沈《しず》む。

「は、入っ……あ……入ってく、る……」

「……っ……」

最初は指一本でも痛かったのに、レイのペニスを自ら中に誘い込むように受け入れた。

「史……痛みはないか？」

レイが耳元でやさしく問いかけてくれて、史は「ぜんぜん」と背後を窺《うかが》って返した。するとレイが史の肩口から顔を覗かせ、「それならよかった」と、ほっとほほえんでくれるのにきゅんとくる。

つながって間もなく、レイがゆったりと腰を動かし始めた。ゆるゆると結合部を揺らしてなじませつつ、史の奥深くまで陰茎《いんけい》を沈めていく。丁寧に、時間をかけ、やがてレイの腰が史の臀部《でんぶ》にぴたりと重なると、リズミカルな抜き挿《さ》しが始まった。

中を抉るように、煽《あお》るように、動きに変化をつけた腰遣いがひどくいやらしい。角度を変え、強弱をつけ、感じるスポットを探られながら、内襞をくまなく摩擦《まさつ》される。

「もっと、速く、強くしても？」

「うん……、ぜんぶっ……気持ちいっ……あぁ……！」

返事の途中で、ずんずんと下から突き上げるような強さが加わって、史は身体を前後に揺らされながら息を弾《はず》ませて喘いだ。

「あっ、あぁ……そんな強いの、だめっ、声がっ」

「魔法をかけてるから外には音が漏れない。声を上げてもだいじょうぶだ」

ピストンの衝撃で史の身体が上へ逃げないように、レイが羽交い締めで腕を回してきた。固定されたまま腰を遣《つか》われ、接合している箇所がいっそう強くこすれあう。

「……っ、んんっ……、あうっ……あ、あぁっ、そ、そこっ……！」

「前立腺……を、こすってる」

「それ、あぁ……やぁ……あ、ふっ……気持ちい、ようっ……」

熟《う》れてしこった胡桃《くるみ》を嵩高《かさだか》い雁首《かりくび》でこね上げては深くまで何度も突かれ、ぞくぞくするような甘い痺れが背筋を駆け上がる。

「……あー……あぁ……」

「史……」

耳を嬲《なぶ》られながら名前を呼ばれるのも、うしろから乳首《ちくび》を捏《こ》ねられるのも気持ちいい。

乳首なんて自分でさわってみてもなんの感覚も生まれないのに、今は女の子になってしまったのかというくらいに感じる。小さな粒《つぶ》ほどの乳首を爪で弾《はじ》かれても、乳暈《にゅううん》ごとつまむように揉まれても、そこから快感が伝播《でんぱ》して接合したところが痙攣《けいれん》するほどだ。

メスイキの魔法のせいで声をこぼして喘いだり、乳首で感じたりしているのだろうか。

「乳首を弄ると、中が、絡みっ……ついてきて、すごく締まる」

自分自身の快楽に夢中だったが、レイのその言葉と息遣いに史ははっとした。

「レイも……気持ちいいの？」

「……史がいいと、俺も、いい……っ……」

ぬるぬるの後孔に、レイも夢中な様子でペニスをこすりつけてくる。欲しがられて一緒によくなるのがなんだかうれしくて、史は重なっているレイの腰や臀部に手を伸ばしてさすった。

「史……っ……、それは、まずいっ……」

動きをとめたレイが、史の手を摑んで胸のところで折りたたみ、そのまま拘束《こうそく》するように背後から抱きしめてくる。それからレイはほっとため息をついて「うっかり達してしまいそうだった」と少し笑った。

「史をメスイキさせなければ。奥の窪《くぼ》みに尖端《せんたん》を嵌《は》めて、とんとんと押すつもりで突くんだったよな。そこで史が感じると、俺の尖端が最奥《さいおう》の襞に呑まれるように吸引される……」

期待に胸が高鳴る。今のこの状態でも気持ちいいのに、メスイキなんてさせられたらどうなってしまうのか。何度でも絶頂するとか、正常な思考ができなくなるくらい忘我《ぼうが》するとか、そんな境地までいってみたい。

「史がちゃんと感じてるか、顔を見ていたい。向きあって、つながろう」

レイの気遣いが伝わるその誘いに、胸がまた甘くしぼられた。

不慣れな史のために、レイが腰の辺りに枕《まくら》を宛《あて》がってくれて、再びつながった。

「あっ、あぁ……レイ、もっと奥に……」

するとレイが腰を突き出すようにして深く、屹立《きつりつ》を押し込んできた。びりびりと痙攣する内壁をひとしきり抽挿《ちゅうそう》され、結合がさらに深まっていく。そうしてついに最奥に嵌められたとき、下腹の辺りがきゅうんと収斂《しゅうれん》した。

「史の、いちばん奥だ……」

レイが「はぁっ……」と小さく喘いで、くちびるを震わせる。レイも気持ちよさそうだ、と見上げていたら、史に覆《おお》い被《かぶ》さるようにしてレイが重なってきた。そしてやさしく抱擁《ほうよう》され、何度も硬い尖端で奥壁を抉《えぐ》られる。とんとんとされるたびにそこからえも言われぬ痺れが背骨を伝って全身に広がり、史は反らせた喉をひくつかせた。

「ふ……んっ……あぁ……あぁ……」

快楽というのは悪い薬みたいなものなのだろうか。脳がとろりととろけてしまいそうな感覚の中、史はレイとこすれあう粘膜から生まれる快感にすっかり夢中になった。

「史、……俺の尖端を呑む音が、すごい」

悦楽で頭がぼんやりして、知らされるまで気付かなかったが、レイが腰を引くたびに奥からじゅぼっ、じゅぼっ、と卑猥なとろみ音が響いている。

「……音、何、これ……」

「オスの精液を欲しがって、放すまいと史が俺に絡みついてくるからだ」

そんなふうに説明されると、いきなり覚醒《かくせい》したかのように、中に射精されたいという欲求で頭がいっぱいになった。

「う、うん……中に出してほしい……ほんっ……ほんとに、女の子みたいでっ……いやだ」

支離滅裂だ。望んだのは自分だが、男なのにという恥ずかしさもあって混乱する。

「史が奥でちゃんと感じてる証拠……だから、抗《あらが》わずに、俺を受け入れて、イって」

レイが宥《なだ》めるように頭をなでたり、愛しむ《いつく》ように蟀谷にキスをしてくれると安心して、もういいや、と思った。だってレイに最奥を突かれると、身体の芯が燃え、背骨がとけてしまいそうで、腹の底がきゅんとする。

「あっ……ああ、レイ、奥、奥のとこ、ぐちゅぐちゅされるの、気持ちい……ん」

レイにしっかり抱擁されたまま、深い快楽の底に耽溺《たんでき》する。史がレイにひしっと抱きつくと、だいじなものを護るように身体をしっかり抱《かか》え、髪にくちづけてくれた。

「あぁ、ん……んっ、レ、イぃ」

「史……もっと俺に甘えていい……」

レイの声もうわずっていて、彼にとっても一方的なご奉仕じゃなくて一緒によくなっているんだと思うと、ひどくときめく。

「……っ、あぁ……あっ、……レイ、すごいの……くるっ……」

大きな波が来そうなのが分かる。史は攫《さら》われないようにぎゅっとレイに摑まった。つま先が伸びて、脚がぶるぶると震える。

「も、もうイっちゃう……い、いく、あああ……」

「イって、何度でも」

容赦《ようしゃ》ない律動《りつどう》に頭が真っ白になった。このまま昇りつめたらブラックアウトしそうだ。でもレイが抱きしめてくれて、落ちてもちゃんと助けてあげると約束されているみたいで安心する。

「――っ……っ……！」

声も上げられないほどの強い快楽が身体を突き抜け、史は身を仰け反らせて激しく絶頂した。

正常な男性なら射精すると終わりだが、史のペニスは少し硬くなるだけでそのような兆《きざ》しはない。それでもイったのはたしかなのに、まだ達していないレイが動きだすと、史も再び昂《たかぶ》ってくる。

「次は、俺と一緒に」

「あっ……あ、レイ……レイっ……また、イきそぉっ……！」

夢中になって暴走してしまい、レイとタイミングを合わせるなんてできそうもない。

そして最後の抽挿のさなかに、史は身体をびくびくと震わせながらもう一度極まった。そのうねりに呑まれ、レイもわずかに遅れて史の中に吐精《とせい》する。

「あー……あぁ……ぁ……」

内襞を白濁《はくだく》で濡らされ、途方もない多幸感で全身が充《み》たされて、史は喘ぎながら陶然とした。レイもため息みたいな声を漏らしている。それから史の奥に残滓《ざんし》もすべて吐き出すと、つながりをとき、心配そうに史を見下ろしてきた。

「だいじょうぶか……？」

史は言葉が何も出てこなくて、ただ茫然とレイを見つめる。頭の中がぜんぶとろとろのゼリーにでもなってしまったみたいだ。

レイは汗ばんだ史のひたいを、用意していたタオルで拭《ぬぐ》ってくれた。

「……………すごかった……」

ようやく史の口から出た言葉がそれで、レイはふふっと笑っている。

「よすぎて……頭、変になるかと思った……こんな気持ちいいこと……はじめてだ……」

まだふわふわした心地の中、手を伸ばして自分のペニスにふれてみる。いつものように、そこはわずかに硬くなっているが、それを男性器として使える程度にはなっていない。

「そこも、さわると気持ちよくなるのか？」

「気持ちいいけど……でも、射精できたとしても、出るのってほんの少しなんだ……」

レイが史のへにょんとしたペニスを、いたずらするみたいに弄るからくすぐったい。

「舐めてもらったことないし、手でこするよりも気持ちいいとか」

するとレイは身を起こして、躊躇《ちゅうちょ》なく史のペニスを口に含んだ。

「えっ……や……レイ……」

レイの頬の内側の粘膜や、上顎《うわあご》にペニスがこすれるのが気持ちいい。でも指をしゃぶられているような感覚と似ていて、さっきのレイとのセックスの快感とは比べものにならない。

「くすぐった……、んっ……」

でもやらしいことをされている、という思いは強く、それで再び興奮してくる。

「レイに……フェラされながら、う、うしろが、むずむずする」

すると、レイがまたあのステッキを手にして呪文を唱えたから、史は苦笑した。

「そのステッキ、ずっと傍に置いてないとだめなの……笑っちゃうんだけど」

「身体から一メートル以上離すと、けたたましいアラームが鳴ってしまう」

「忘れ物防止機能付き《スマートタグ》って……最先端すぎる、んっ……」

疼《うず》いてしかたなかった後孔に、レイの指を埋められた。気持ちいいけれど、なんだか指じゃ足りない。レイのペニスで隙間なく充たして、ぐちゃぐちゃにしてほしくてたまらない。

「レイ……レイ……指じゃなくて、また、さっきみたいにして……奥で出してほしい……」

なんだか自分が、ひどくだらしない顔をしている気がして、思わず両手で覆い隠した。

今度は座ったレイの膝の上で跳ね馬みたいにされて、体位が変わったからか、また新たな快感が生まれる。むちゃくちゃに揺さぶられながら喘ぐと、喉から出るのはほとんど泣き声だ。

さっき中で放たれた精液を彼自身の硬茎でまんべんなく内襞に塗《ぬ》りつけられ、ひどく興奮する。一度目より、快感が濃くなっている気もする。

目尻を濡らす涙を口で拭われるのすら、気持ちいい。

「史、支えてるから、身体をうしろに反らして」

言われたとおりレイのペニスを軸《じく》にするようにして身体を反らすと、あの胡桃に彼の硬茎が強くあたってこすれた。奥の気持ちよさとは種類の違う快感が走る。

「あーっ、あっ、はぁ、はぁっ……やっ、なんか、出そうっ……！」

下からまっすぐ上に突き上げる動きで奥も刺激され、激しく腰をふりたくられて、史は歔欷《きょき》の声を上げながら、とぷっと白濁を散らした。ほんの少し下腹にこぼす程度だけど、ペニスにはさわっていないのにひさしぶりに吐精した。それくらい、気持ちよかった。

「かわいい量だな」

「恥ずかしいから、見なくていいっ……あっ、あぁっ、んっ、んっ……！」

レイに乳首をしゃぶられ、喘ぎながら尻を揺らす。そんな自分が恥ずかしいのに気持ちよくて、なぜだかうれしくてたまらない。

頬がゆるみ、脱力し、とろんとした眸をレイに覗かれる。目が合ってそっとくちづけられると、甘えたい気分が胸いっぱいに広がって、史はレイにしがみついた。彼にしっかり抱きとめられたまま、インターバルもゆったりとやさしくグラインドされる。

「あ……んぅ、……き、もちいいの、とまんない……」

「……史、しあわせか？」

「ん……うん、しあわせ……」

どうしてしあわせだと感じているのか分からない。魔法のせいかもしれないし、ひとりじゃぜったいに得られなかった快感を、レイが与えてくれているからかもしれない。

「奥で出して」なんてどうかしてる——冷静になるとそんなふうに思うし、昨晩乱れまくった事実が恥ずかしくて、史《ふみ》はキッチンのへりに手をつき「うぐぐ」と唸《うな》った。

勃起不全の自分でも気持ちよくなれそうだと、メスイキに興味を持ったのはたしかに史自身だったが。二十六年の人生で『中出しされたい願望』など抱いたこともなかったのに、メスイキ状態になったら、とんでもない思考に陥《おちい》っていた気がする。

——メスイキこわ……。怖いけど……やばいくらい気持ちよかったな……。

よこしまな回想を遮断《しゃだん》し、朝食を作るべく腕まくりしたところで、レイが起きてきた。

「おはよう、史」

史が振り向いて「おはよう」と返すと、レイは昨日とは違う色のスリーピーススーツになっていた。でもあのハートのネクタイピンは変わらずだし、手に魔法のステッキを持っている。

寝起きの少し気だるい顔つきのレイにやたらどきっとして、なんだかてれくさい。てれるけれど、身体の奥まですべて知られ、ぜんぶ見られてしまったから、隠すところはもうない。

「着替えたんだ？　あのアタッシュケースからスーツも出せるってこと？」

「魔法で衣装チェンジした。史の好みにもできるぞ。魔女の趣味なのか『ブリティッシュスーツ』は固定みたいだけど……」

リクエストを募《つの》られたが、そもそもあまりファッションに興味がないからよく分からない。

「今のスーツ似合ってるけど……その、ハートのネクタイピンも……なんかちょっと色が変化してる?」

「……あぁ、俺の感情に合わせて変わるらしい。明るい気分のときは暖色系だし、暗い気分のときは寒色系に」

そういえばえっちの最中、ピンクとか赤っぽい色だった気がする。あんまりものを注視できないほど昂っていたから定かではないが。ちなみに今はオレンジ寄りのサーモンピンクに見える。

はっと気付けばレイに接近されていて、史は戸惑った。レイはうっとりした目で史を見てくる。なんか変だなと思っていたら、レイが「朝食を作るなら手伝いたい」と申し出てきた。

「え……と、レイは料理できるんだ?」

レイは首を捻《ひね》る。記憶喪失といってもレイは生活行動に直結する『手続き記憶』はあるようなので、自炊するタイプなら身体が覚えているはずだ。

しかし、たまごを割るとか、茶碗にごはんを盛ることはできても、調理についてはひとつずつ教えないと無理だった。

「朝ごはんは『だし茶漬《づ》けオムライス』にするよ」

たまごにみりんを加えて混ぜていりたまごを作り、それをごはんの上にたっぷりのせて、上から白醤油《しろしょうゆ》で味を調えた出汁《だし》をかける。

「で、いちばん上にきざみ海苔《のり》とわさびを添えてできあがり」

「おいしそうだ」

あとはサラダとドレッシングをテーブルにどんと出し、向かいあって座った。

「豪華な朝食作れなくてごめん。食べたら仕事行かなきゃいけないから」

レイは綺麗な姿勢で茶碗と箸を持ち、上品に食べる。

「いりたまごに出汁とは……天才的な組みあわせだな。とてもおいしい。たまごがふわふわで、出汁の塩味もちょうどいいし、途中でわさびをとかせば味変になって二度おいしい」

普通の味付けだけど、褒められるとうれしいものだ。史が「褒め方おおげさだけど……よかった」とほほえむと、レイが茫然としたような顔をする。

「え？　何、どうかした？」

「史の笑顔を見ると癒《い》やされる。心があたたかくなる。史は、とてもかわいいな。すごくかわいい。どうかしたも何も、史こそどうしたんだ、というくらいにかわいいな」

なんかおかしなことを言いだしたぞ、と思いながら、史は苦笑した。

「僕が仕事してる間、レイはどうする？」

レイは途端に「えっ」と不安そうな顔をして「史の傍にいたい」と懇願《こんがん》してくる。

「いや、あの、お店を開けなきゃいけないし……え、ついてくるつもり？」

レイは記憶喪失だし、その心境たるやどのようなものか史には想像できなかったが……。

「まぁ……そうだね。外に出たほうが、レイの身元判明につながる手がかりが見つかるかもしれない。記憶を失ってても、もとの生活が取り戻せるなら、そうしたほうがいいしね」

「俺がいったい何者なのか、調べるために協力してくれるのか？」

「そりゃ……だって、レイに助けてもらったし、メスイキさせて、なんて変なお願いを叶えてくれたし」

今さらだけど、思わず声が小さくなった。えっちの最中のほうがよっぽど赤面するような格好だったり、卑猥なセリフを口走ったりしたが、今のほうが遥《はる》かに恥ずかしい。

――あのときって頭がばかになってるっていうか……。

「メスイキくらい、史が望めばいくらでもさせてやる。今夜もしよう」

「えっ？」

「史をしあわせにしなければ。昨晩、史は『しあわせだ』と応えてくれたが、きっとまだ魔女が求める成果には達していないのだろう」

レイが魔法使いのままということは、つまり『まだ史はしあわせになっていない』ことを意味する。

「足りないって……まさかのポイント制？　何回えっちすれば達成するわけ？」

レイが三回射精する間に、史は幾度《いくど》もオーガズムに達し、最終的に何回メスイキしたのか覚えていない。イきまくって疲れ果て、寝落ち同然だったのだ。

「分からない……」

「わ、分からないって……あんな脳みそとけそうなセックス毎日してたら人生崩壊しそう」

本当にそんなふうに怖くなるほどの快楽だった。そもそも『しあわせになる』というのが漠然としているので、どこにゴールがあるのか判然としない。

途方もない話に「うーん」と唸りつつテーブルの上を片付けようと手をついたら、肘《ひじ》に何か柔らかなものが当たったために、史は飛び跳ねて「うわあっ！」と悲鳴を上げた。

振り向いたところにいたのは、黒いロングドレスのやたら恰幅《かっぷく》のいい女だ。

史は板張りをうしろ手で一メートルほど後退《あとずさ》った。

「だだだだ誰っ！」

女は慌てる史を見下ろしてにんまりとほほえむ。

「しあわせの回数を数えるだなんて、卑《いや》しい行為だと思わない？　数が多ければ満足？」

容赦《ようしゃ》なくこき下ろされたことより、レイとの会話を聞かれていたと分かる内容に驚きだ。

真っ赤な口紅の、こもったしゃべり方をする長い黒髪の女を見て、史は思い当たった。

「……も、しかして……レイを魔法使いにした『魔女』……？」

魔女っぽい三角の帽子やほうきなどは持っていないが、レイから『デラックス体型』との情報があったからだ。

史の問いかけに女は右の口角を上げて、ふふっと笑う。代わりにレイが「そうだ」と答えた。

「ええっ、ちょ、ちょっと、どこから入った？　いつからここにいたっ？」

魔女はうるさいわねとでも言うように顔をわずかにしかめ、「今、ここからよ」と空中を指している。ようするに突然湧いて出てきたらしい。

レイの出現で、もう驚くこともないだろうと思っていたけれど、知らない人がいきなり自分の家の中に現れたら恐怖しかない。

「どういうつもりでこんな……。この人があなたに何かしたんですか？　レイは大切な記憶を奪われたり、あなたにいじわるされるような、そんな悪い人じゃない気がする」

「べつに何もされちゃいないわよ。わたしは人が発するマイナスな感情や『でも・だって』の言い訳を食べて生きてる。惰性《だせい》や怠惰《たいだ》で腐りかけた心が大好物なの」

魔女は妖《あや》しくほほえんで「怨念《おんねん》や憎悪《ぞうお》はとても食べられたもんじゃないけど」と最後につけ加えた。

史がレイの様子を窺うと、そういう魔女の性質を彼もはじめて知ったようで、目を大きくしてじっと話を聞いている。

「レイの心にも、惰性や怠惰があったってこと？」

「わたしは彼みたいに『ちょっと惜《お》しくて残念な人』が変化していくドラマを見るのが好きよ。

あなたは彼が、リアルが充実していてスタイリッシュでスマートなジェントルマンにでも見えてたみたいだけど。上辺だけでぜんぶ分かったような気になって、傲慢《ごうまん》なのね」

レイのことも史のことも同時に攻撃してくる、棘《とげ》のある言い方だ。

「誰だって何かしら抱えてて、それを見せないようにしてるのが悪いことだとは思わないです」

レイがそうだったとしても、自分に彼を蔑《さげす》んだり責める権利も資格もないと思う。だって同じ穴の狢《むじな》だ。

「あら、あなたもう彼に情が移ったのね」

魔女は愉《たの》しげに大きな眸をぎらりとさせ、人ならざるものの動きで床をすうっと滑るように史に寄りそった。

「あなたって、朗《ほが》らかに正しくふるまっているみたいだけれど本当は心根を閉ざしていて、そのくせにひどいさみしがり。相手のせいにできるくらいの強い力で誘われるのを待ってるだけの臆病者《おくびょうもの》。あなたが決して他人にお願いできなかったことを彼が叶えてくれて、やさしくされて、よほどうれしかったのね」

すべてお見通しだと仄《ほの》めかし、論《あげつら》い煽《あお》ってくる魔女の言い方は腹が立つけれど、ひとつも反《はん》駁《ばく》できないくらいに喝破《かっぱ》されている。内面に無遠慮に立ち入られ、史はただ奥歯を噛んだ。

「ところで彼、やたらと褒めるでしょ。その人、もともとは感情表現がと～んでもなく下手《へた》なの。だからプラスの感情や感覚が増長して、抑《おさ》えられずに発言するように暗示をかけた。オーバーに表現するせいで嘘に聞こえるかもしれないけど、本心だから安心して」

言われてみればたしかに、「かわいい」を連発され、簡単な料理を「天才的だ」と褒めちぎられた。

「彼があなたをしあわせにできたら、ちゃんと心臓は返してあげる。でも記憶は物体じゃないから戻せない。無理やりに戻せば記憶の順番や内容が改変されて精神が崩壊する。だからせめて彼がいったい誰なのか、パーソナリティがどこにあるのか、あなたが一緒に探してあげて？」

魔女はちらりとレイを見遣ってにんまり笑うと、みるみるその姿が透明化し始めた。

「ええっ、ちょっと！　き、消え……？」

史が伸ばした手は空を切る。もしかして精巧《せいこう》なホログラフィーだったのかと思ったが、たしかに魔女の肉体にふれたのを思い出してぞっとした。

レイについての肝心《かんじん》な部分——レイ自身が何者なのかということや、しあわせの尺度《しゃくど》については謎のままだ。明かすつもりはない、自分たちで答えを見つけ出せ、ということなのだろう。

「でも確信が持てた部分もあるね。魔女はレイの心臓を仮押さえしてるけど、僕に『あなたが一緒に探してあげて』って言ったんだ。……だったらきっとなんとかなるよ」

しかも、この広い東京の池袋《いけぶくろ》という一箇所《いっかしょ》、そしてそこから延びる東上線《とうじょうせん》という限られた沿線でレイは生活していたはずだ。

「ん……？　あっ、閃《ひらめ》いた……っていうかどうして今まで気付かなかったんだろ」

史はスマホを手に取り、レイに東上線の路線図を見せながら、鉄道ミステリーさながらに説明する。

「僕たちは同じ電車を利用してる。つまり、レイの家も各停の『普通列車』が停まる駅にあるんじゃないかな。だって成増《なります》より先の駅なら普通に考えて『準急』か『急行』に乗るでしょ？」

普通列車に乗らないと池袋から成増まで八駅をノンストップで通過してしまうのだ。

「ってことはさ……僕の家はときわ台《だい》だから、レイが乗降してるのはそのあとの上板橋《かみいたばし》、東武《とうぶ》練馬《ねりま》、下赤塚《しもあかつか》の三駅のどれかなんじゃないかな。電車マニアとかなんかのこだわりがあって各停に乗ってるなら成増より先の駅の可能性も出てくるけど」

「では……まずその三駅と池袋に絞《しぼ》って探せばいいわけか」

「そういうことになるよね！」

ふたりでハイタッチすると、レイは「史は天才か」とまたおおげさに褒めてくれる。

「あてもないと思っていたが、かなり希望が見えるな」

「とはいえ……乗降者数世界三位『新宿《しんじゅく》・渋谷《しぶや》とともに東京を代表する繁華街《はんかがい》』と謳われる池袋だけでも鬼のように広いね……」

史が主《おも》に利用する池袋駅の西口方面ではレイに会ったことがないので、反対方向の出口を利用しているのではと推測できるが。

魔女の出現に気を取られていたふたりは、それからばたばたと家を出た。

家から店の前まで瞬間移動することも考えたけれど、レイの体力消耗《しょうもう》が激しいことと、移動する間に知りあいに会う可能性にかけて電車に乗る。

しかしこれまでに朝晩だけとはいえ、レイが誰かと一緒にいるのを史は見たことがない。

池袋駅の西口から出て、そのまま何事もなく店に到着してしまった。

「レイにつながる手がかりなし……まぁ、普通に考えたらそうなるよな」

池袋駅から徒歩六分ほどのところにある、テイクアウトのたまご料理専門店『たまむすび』。

劇場や公園、大学が近く、惣菜店や喫茶店、理髪店、バイク店など昔から商売をしている店舗《てんぽ》も並ぶ比較的静かな通りにある。学生や主婦、会社員など客層はさまざまだ。

自転車で通りすぎるご近所の店主が「史くん、おはよー」と声をかけてくれる。祖父母が店をやっていた頃からのつきあいの人が多く、史にとっては地元と同じ感覚だ。

「ここが史の店か。洒落《しゃれ》たカフェみたいだ」

「気さくで明るい雰囲気にしたくて。南イタリアのカフェをイメージしてる」

太陽やたまごを連想する黄色を基調とした外観に、店内は深みのあるグリーンがメインの内装で、たまご料理が映《は》えるようにしている。

店に着いたらまず、両手を広げたくらいの大きさのショーケースのガラスをぴかぴかに拭《ふ》き上げて、オープンの十一時に合わせ、その二時間前から仕込みや調理を始める。

「ただ待っているだけでは暇《ひま》だから」と言ってくれたレイに、たまご割りやショーケースへの陳列、接客を手伝ってもらうことにした。

定番商品以外のおすすめ品や限定品の情報を黒板に手書きして、ショーケースの上に立てるのだが、それをレイにお願いした。文字のみで書き表していた史とは違い、レイは洒落たかんじの商品イラストをつけ、店頭看板を出したついでに店先の掃除をやってくれたりもして、とても気が利《き》く。

「レイってどんな仕事してたんだろ。あらゆる可能性があって推測不能だなぁ」

「でも料理人でないことはたしかだな」

今朝《けさ》も料理についてはは何をしたらいいのか分からない様子だったし、たまごをボウルのへりで割ろうとしたり、黄身に付着している白いひも状の『カラザ』を知らなかったりした。

「あら、史くん、こちらはアルバイトさん？」

史とレイに声をかけてきたのは、いつもよくしてくれる惣菜店『にかわ』の奥さんだ。史がアルバイトを雇うほどのこともなくこれまでやってきたので、驚いた顔をしている。

「アルバイトじゃないけど、ちょっとお手伝いしてくれてるんです」

『にかわ』の奥さんはレイの顔を見上げて「イケメンさん」と褒め、ハートのネクタイピンや手元のステッキに気付くと今度は目を瞬かせている。アタッシュケースは店の隅に置けるが、ステッキは身体から離れると忘れ物防止アラームが鳴るから持っておくしかないのだ。

個性的な服装の人が珍しくない池袋でも、この辺りは比較的素朴な街並みで、店先に立つと浮く格好ではある。

「にかわさん、きのういただいたから揚《あ》げ、おいしかったです」

史がお礼を伝えると、『にかわ』の奥さんがはっとこちらへ振り向いた。昔からこの辺りでもとくに親しいつきあいで、「あまりものだけどよかったら」と気軽に声をかけてもらうこともある。

「うちも史くんにいただいた『巾着《きんちゃく》たまご』、中のたまごと野菜にいなりの皮の味が染みてておいしかったわ〜。……あ、そうだ、今日はキッシュをワンホールお願いしようと思って。十九時くらいに取りに来るわね。これ、お代ね」

「いつもありがとうございます。あ、うちが三十分早く店を閉めるし、帰り道だから、僕がそちらに持っていきますよ」

『にかわ』の奥さんは「助かるわ〜、ありがと」と返し、レイにも「がんばってね」と声をかけて去った。

「キッシュ……ケーキみたいなかたちの、これだよな」

レイがショーケースのいちばん上の段を指す。通常は切り分けて一ピースで販売しているので、ホールの場合は予約してもらうことにしているのだ。

「うん、それ。パプリカ、トマト、ズッキーニ、玉ねぎ、にんにく、パルミジャーノチーズ、ベーコンを入れた卵液をパイ生地に流し込んで焼いてる。イタリアのフリッタータ風」

「色鮮やかでおいしそうだ。これがいちばん人気か」

「それと『だし巻き玉子』と、あとはこの『生たまごサンド』がスリートップかな」

『生たまごサンド』は醤油漬けした黄身をシート状に冷やし固めたものと、白身だけを焼いたものを、食パンでサンドしている。差し入れやおみやげ、おやつにちょうどいいと好評だ。

「黄身が濃いオレンジ色で、とてもおいしそうなサンドイッチだな」

「食べてみる?」

レイを店内に呼び戻してサンドイッチをひと切れ味見させると、目を見開いて「おおっ」とおおげさに驚くから笑ってしまった。

「ふかふかのパンで挟《はさ》まれたたまごの黄身はねっとりと濃厚、対して焼いた白身はぷりっとしていて、すごくおいしい!」

グルメ漫画のキャラみたいなおおげさな表情と褒め方だけど「おいしい」と言ってもらえるとやっぱりうれしい。

「パンはこのちょっと先にあるベーカリーで毎朝焼きたてのを仕入れるんだ」

気を良くして『むかしだし巻き玉子』もレイに味見してもらう。レイはこれもまたこぶしを握り、「じゅわっと口いっぱいにやさしい出汁のうまみが広がっておいしい……!」と感動してくれた。

「今朝食べた『だし茶漬けオムライス』も最高だと思ったが……史は天才的なたまご料理の伝

道師だな」

「たまご料理の伝道師！　聞いたことないよそんな称号。でも、喜ばれるのうれしいな。ありがと」

史が思いのままに伝えると、レイは不思議そうな顔をする。

「ありがとうはこちらのセリフなのに……史はそんなときも『ありがとう』と言うのだな」

「え、あ、変……かな。おいしいって褒めてくれたのがすごくうれしくて……」

するとレイはほっとしたような笑みを浮かべて、「史は心根がきれいだ」と見つめてくるので、てれるし落ち着かない。

「史に声をかける人はみな笑顔だ。史はこの辺りの人たちに愛されてるのだろうな」

「子どもの頃からの顔見知りで、良くしてもらってる。じいちゃんとばあちゃんのおかげだよ」

経営のもろもろで分からないことにアドバイスを貰ったり、情報を共有するのも、商売をしていく上で大切だ。

レイは今度は静かにうなずいて、はっと息を呑んだ。

「あぁ、そうだ、思い出した……。史が、電車の中で倒れそうになったお年寄りを助けて、席に座らせてあげるのを見たことがある。俺はそれを、少し離れたところから見ていた」

史にとっては、そう言われればそんなこともあったかな、という程度の出来事だ。

するとレイは、じんわりと喜びが広がっていくように口元をほころばせた。

「誰かが手を貸すだろうと、俺は見てるだけ。だが史は自分以外の誰かなんていないみたいに行動していた。きみのやさしさは、きみの人生の中で、ゆっくり丁寧に育《はぐく》まれてきたものだと感じた」

あたたかいまなざしのレイと目が合って、どきんとする。そんなふうに見られていたなんて、思いも寄らなくて、なんだかひどくてれくさい。

「そんな……僕のことじゃなくてレイ自身のことを思い出せたらいいのに」

「魔女は『記憶は戻せない』と言っていた。史のことだけは『ココ』に残してあって、こうやって何かの拍子に蓋《ふた》が開いて、史についての記憶が蘇《よみが》るのかもしれないな」

レイは『ココ』と自分の頭を指した。レイの頭の中に、史のことだけを記憶した箱が置いてあるような、そんな感覚なのかもしれない。

「史のことなら思い出せるのも、思い出したのがそういう場面だというのも、俺はうれしい」

穏やかな調子で話すレイとは反対に、史はなんだかそわそわする。好意を告げられているような気がして、そういうことじゃないと分かっているのにやけにてれて、史は少し困った。

「……でも、なんで僕なんだろね。同じ電車に乗りあわせてたってだけなのに」

「俺はそんな史の姿を見かけると、癒やされて安心するような、毛羽だった感情を鞣《なめ》されて落ち着くような感覚があった……。もしかして……俺は、史を好きだったんだろうか？」

ぽかんとした顔で訊《たず》ねられて、史のほうが赤面する。

「し、しし知らないよ、そんなの。見てただけで好きとかはないんじゃない？」

否定したものの、悪い気はしない。むしろ『一日平均の利用者数は約二百六十四万人』ともいわれる巨大な駅を利用していたのに、互いが密《ひそ》かに好印象同士だったなんて、奇跡的だとか運命的だとか思ってしまう。

――なんだこれ。好きかもとか言われてときめいちゃってんじゃん。

「史、お客様だ」

ドアの前でベビーカーを押す女性に気がついたレイが、さっと扉を開けて「いらっしゃいませ」と声をかけてくれた。案内されて入ってきたのは常連の女性だ。

「アルバイトさん、入ったんですか？　なんだかラグジュアリーホテルに来たみたいな気分」

史は「はは」と笑って対応した。女性がキッシュを買って店を出る際にも、レイがドアマンのように「お開けします」とてきぱき動いてくれる。

夕方になると近所の美容室で「ステッキを持ったブリティッシュスーツのイケメンが接客してくれるらしい」との噂《うわさ》を聞きつけたというお客さんも来店したりして、忙しい一日が終わった。

「帰り道で誰かに会えるといいけどなぁ……」

池袋駅構内を歩くときも、レイを知っている人がいないか周囲に気を配ったけれど収穫なし。ときわ台の次の駅、上板橋まで行って、駅事務室で「この男性を見かけたことありませんか？」

と訊いてみたが、手がかりは掴めなかった。

「史、ありがとう。でも店がある日は疲れているだろうし、俺のことは休日に回してくれてかまわない」

「あー……うん、そうだね。もう二十時だしね。おなかすいたね」

駅近くのスーパーで買い物をして帰り、夕飯を食べて入浴後、史はどきどきしながらリビングへ戻った。今朝レイに「今夜もしよう」と言われたのを思い出したからだ。

素知らぬ顔をして水を飲んだり、朝食用の米を炊飯器《すいはんき》にセットしたりする。しかしついにやることがなくなって、史は飲み物を片手に、テレビを見ているレイの隣に座った。

「レイ、食事の片付けありがとう。あと、洗濯物も畳《たた》んでくれたんだね」

「魔法でやったから、どうってことはない。史のためなら、魔法が使える」

魔法という言葉だけでどきっとしてしまう。湧き上がる緊張をごまかすように、史は咳払いをした。

「レ、レイって、お風呂入るとき、そのネクタイとかシャツとか、どうしてんの？」

きのうレイが「このネクタイを取ろうとすると、首を絞められるんだ」と話していたから、入浴中にふと気になったのだ。

「いわゆる裸ネクタイだ」

まじめな顔で断言されて、その姿を想像した史は「ぶっ」と噴き出した。

「そういうのって、魔女の趣味なのかな……それともたんにいやがらせ？」

「さぁ、どうだろう。でもシャツもスーツも着せ替えのようにチェンジできるから、濡れても困らないし、だから清潔ではあるな」

「レイが着てるシャツもすごくいいものだよね。さらっとしてるのにしっとりしててさわり心地がよかっ……」

言いながら、いつそれを感じたんだっけ、と考え、結局はレイにしがみついていた昨晩の記憶に行き着いて、頬が熱くほてってってしまう。

「史……？　耳まで赤いが、湯あたりしたんじゃないのか？」

レイが冷たい指で首元にふれてきて、史は「ひあっ」と声を上げた。

「だい、だいじょうぶ……そんなんじゃないから」

紅潮をなんとか鎮《しず》めようと、グラスの冷たいお茶をぐっと飲みほす。空《から》のグラスをテーブルに戻したとき、レイが距離を詰めて顔を近付けてくる気配を感じた。身体が緊張し、心臓がばくばくと激しく鼓動を打つ。その心音がレイにも聞こえてしまいそうだ。

膝を抱えて身を硬くしていると「史？」とレイがやさしい声で呼んだので、史はそっと目だけそちらへ遣った。レイに濡れた眸をじっと覗かれて、そのまま視線に捕まってしまう。

「……史は、困っている人を見ると迷わず行動できるのに、こういうことは奥手なのだな」

「……え？　こういうこっ……」

ふいに頬に軽くくちづけられて、史は目を瞬かせた。レイは甘くほほえんでいる。

「もしかして、自分のことは遠慮したり、あとまわしにしてしまうタイプか？」

レイは『こういうこと』が示す内容に具体的にふれないものの、指を絡めてつなぎ、もう一度、頬にキスをくれる。本当はこういうことがしたいのに、してほしいと言えないんだろう、とやさしく問うようにふれてくる。

頬以外にも、蟀谷や耳殻《じかく》に小さな音を立てて何度もキスをされ、それがくすぐったいような気持ちよさで、史は緊張がとけてふにゃっと笑った。身体の力が抜けても、レイがしっかり抱きとめてくれるから安心する。

「……ど……うかな……。こういうことは、レイ以外としたことないから。どうすればいいか分からない」

「……史が人にやさしいように、俺は史に、やさしくしたい。俺には素直に言ってほしい。史の願いをぜんぶ叶えたい。俺はそのために存在している」

「願いって……もっと普通のだったら、言いやすかったかな……」

きのうはそんなに深く考えていなかったから簡単に言えたのかもしれないが、それをしたら自分がどうなるのか知ってしまったために、よけいに言いづらくなった。

「恥じらうところもかわいい」

「だから、二十六歳の男に、か、かわいいとか、変だし、そもそもかわいくないからっ……」

話をしている間も、レイが史の耳の裏側や首筋にもキスをくれる。

「史は中身がスレてなくて、俺を放っておけないお人よしで、そんなところもかわいい」

「スレてないお人よしが『メスイキさせて』なんて、頼むわけないだろ……」

レイが喉の奥で笑う息遣いにすら感じて、史は首を竦《すく》めた。

抱きとめられたまま股間《こかん》の膨《ふく》らみを指先でくすぐられ、背筋がぞくぞくして震える。手のひらでなでられ、包み込むように揉まれると次第に高まり、興奮で胸が大きく波打ち始めた。

滾《たぎ》った血がどんどん一箇所に集まっていく。薄皮をひっかくような爪の刺激で、ぷちっと弾《はじ》けてしまいそうだ。それなのにレイの愛撫《あいぶ》は服の上からばかりで、いっこうに進まない。

「史、何がしたい？　どうしてほしい？　魔法をかけるために、史の意思を示してほしい」

耳朶《みみたぶ》をしゃぶられ、耳孔《じこう》に舌を突っ込まれたら頭がスパークして、史はたまらずレイにしがみついていた。

「レイ……、もうっ、お願い……きのうみたいに……お、奥でイかせてほしい」

レイがよしよしと頭をなでてくれて、昂りながらも少しほっとする。

「史、サインを決めようか。したくなったら、俺の指をどれでもいいから一本だけ握って」

うなずくより先に、史はレイの指をきゅっと摑んだ。

池袋のたまご料理専門店『たまむすび』に、魔法のステッキを持ったやたらイケメンのスーツ男子がいる——との噂を耳にして、はじめてのお客さんも来てくれるようになった。少しでも話題になれば、そのうちレイを知っている人に会えるかもしれない。

そうやって新たにお店に来てくれるお客さんに、池袋界隈でレイを見たことがないか訊ねてみるが、相変わらず収穫はゼロ。身元判明につながる情報は掴めていない。

レイのほうはというと、日中に史の店を手伝い、夜は『メスイキえちえち』に勤《いそ》しむという毎日だ。

レイが家に棲《す》みついて、こういうことをするようになって一週間。メスイキの呪文を唱えられただけで、スイッチが入ったみたいに史の下腹の辺りがきゅんとするようになった。

「あー……っ……！」

レイのペニスが深いところに嵌まり、そこを尖端で捏ねられると、陸の上に放られた魚のように、史の身体はびくんびくんと跳ねて快感に震える。レイの身体と混ざりあうような、組み上がるような感覚があり、接合箇所はみっちりと充足されて、それほど動かなくても絶頂してしまうくらいだ。

「ふ、史……イってるのか？」

「——っ……、んっ……っ……！」

レイの腰に脚を巻きつけ、両腕で背中にしがみついて、ぶるぶる震えながら濃厚な快感に惑《わく》溺《でき》する。中が痙攣してペニスをしゃぶるように収斂《しゅうれん》するから、レイに伝わるらしい。

メスイキに至ると、身体の奥で小さな快感の爆発が何度も起こる。頭の芯が快楽で痺れて、悦びが滲む声を上げたり、正気では言えないことも口走ってしまう。

「史……どんなふうに動かれるのが好きか?」

「お、奥に、ぐりぐり、して……あう……、あ……あ、んっ、レ、イぃ……レイ……それ、き、きもちい、よぅ……」

いちばん奥の襞をこじ開けられて、硬い尖端でその奥壁を舐めるように丁寧に掻《か》き回《まわ》されるのがたまらない。そんな交わりの間中、レイが史の頬やまぶたにキスをくれたり、首筋を愛撫してくれる。いとしいものにするようにかわいがられているかんじがして、史はそうされるとたまらなくときめいた。

とろけたところをぐちゃぐちゃと攪拌《かくはん》されて、再び高まっていく。

「レイぃ……あ、あ、また、イっちゃ……、イっちゃう……っ……」

下肢ががくがくと痙攣し始め、自分の心臓の音が耳に響いて、それ以外は何も聞こえなくなる。

射精をしないまま極まり、ぐったりと脱力した腰をレイに両手で摑まれた。絶頂した直後のところを大きく抜き挿しされるうちに、こすれあう粘膜がまたもや熱を帯び始める。

快感にふやけて無抵抗の身体をひっくり返され、今度は四つん這いで背後からつながった。

交わる角度が変わって、新鮮な快感に夢中になる。

ふたりのつながりをとくことなく、さまざまに体位を変えるのも今やスムーズだ。仰臥《ぎょうが》したレイの上に後背位のまま寝かされて、脚を大きく広げた格好で下からピストンされる。両方の乳首やお飾りみたいなペニスを弄られながら、中の胡桃を強くこすりあげられる体位で続けざまに極まった。

最後は多幸感いっぱいの酩酊《めいてい》状態に至り、レイの胸元に顔を寄せて寝落ちする。肌寒い夜も、レイが傍にいてくれると心地いい。

「史……俺は、史が気持ちよさそうにしてるのを見ると、うれしい。心が充《み》たされる」

「……うん」

「かわいくてたまらない。もっとやさしくしたい……俺の腕の中に入れてかわいがりたい。セックスだけじゃなくて、毎日の生活の中でも、そう思うことがある」

「……うん……ん……」

うとうととまどろみながらレイに返事をするうちに、まぶたが完全に落ち、意識がとろんととろけていく。

史もレイにかわいがられると全身がとけそうになるし、大事に扱《あつか》われるのがうれしい。「男ならこうあるべき」というような世間一般的な理想像とか、「男のくせに」「女じゃないのに」という他人の価値観や尺度なんかどうでもいい。

だってレイは魔法使いで、これは彼のパーソナリティを取り戻す鍵《かぎ》を見つけるためでもあるのだ。

店で一日働いて、夜になればセックス三昧《ざんまい》という毎日をすごし、レイがどこの誰なのかを探すミッションをすっかり忘れている。

休店日の日曜に、店が休みだからと朝からいちゃいちゃしっぱなしで過ごしてしまい、あっという間に半月が過ぎた。

「あ……あれっ？　いくら覚えたてとはいえ、こんなんじゃだめじゃない？　なんだ、僕はいったいどうしちゃったんだ。メスイキしすぎると頭がバカになるのかな……」

史はさんざん乱れていたベッドの上で、はっと我に返った。これまでメスイキのあとは賢者タイムもなく寝落ちしていたので、現状がどうとか考える余裕がなかったが、今日は幸いにもというべきか、時間があり余っている休日だった。

「史がしあわせに溺《おぼ》れてるということなんだろう？　だったら『だめ』じゃない」

「……そうだけど……」

史がしあわせを感じるために、必要なことではあるが。

もう、陽が暮れかけている。何度もメスイキして、レイもその間、無尽蔵なのかというほど射精しているので、ベッドに横たわっている姿を見るとさすがに疲れている様子だ。

レイのおかげで店が繁盛して、これまでひとりでやっていたことを傍で支えてくれる人がいるという安心感に、史はすっかり甘えている。彼の行動はすべて『史をしあわせにするために』やっていることだが、今日はメスイキえっちに溺れるだけの爛《ただ》れきった休日になってしまった。

「レイの身元が判明しないと……もともと就いてた仕事とかどうなってるのか分からないし」

「そう……だな……でも、分からなくてもいいような、気もする……」

「え、どうして？」

「史のために働いて、こうして史と……一緒にいれるなら、それで……」

珍しく、レイのほうがうとうとしている。

疲れていそうだな、と思って見るからか、レイが少し痩《や》せたような気がした。

「……レイ、晩ごはん作ってあげるから。それまで寝てていいよ」

「……ん……」

すうっと寝入るレイを見届けて、史はベッドをおりた。

レイが史《ふみ》の家に居候《いそうろう》を始めて、もうすぐひと月になろうとしている。

セックス三昧という爛れた休日を反省し、お店の営業が終わったあと、東上線《とうじょうせん》の東武練馬《とうぶねりま》、下赤塚《しもあかつか》、さらに成増《なります》の駅員にも「この人を見たことありませんか?」と訊ねてみたけれど手がかりはなかった。

「でも東武練馬の駅員さんの反応、ちょっと引っかかるんだよなぁ」

史は朝食のクロックマダムに噛みついて唸った。食パンの上にハムとチーズ、目玉焼きをのせ、黒こしょうをたっぷりかけたお手軽バージョンだ。本来はフォーク&ナイフでいただくのだろうが、忙しい朝なので食べ方も簡略仕様となっている。

「見たことあるのに、『知らない』と答えたということか?」

史のつぶやきに対して、レイが補足して問いかけた。

「うん。じっとレイの顔を見て、ハートのネクタイピンと魔法のステッキに気付いて困惑してた。個人情報保護法があるし、記憶喪失なら事件の可能性もあるから係わりたくないって思っても仕方ない。『この人、記憶をなくして困ってるんです』って言わなきゃよかったかも」

しかし仮に駅員がレイの顔を覚えていても、さすがに自宅の住所や連絡先といった個人情報は分からないだろう。

「可能性に賭《か》けて東武練馬のスーパーとかクリーニング店とか、徹底的《てっていてき》に当たってみるのはアリかもね」

どういう生活をしていたかにもよるが、もしもそこが生活圏内《けんない》なら何かしらの痕跡《こんせき》があるはずだ。

レイは史の考えにうなずいた。

「訊ねるときに『わたしをご存じですか』と訊けば誰だって不審に思う。だから『ひさしぶりです』とか『いつもお世話になってます』と知りあいのていで話しかけたら、つられて喋ってくれるかもしれないな」

「本当に知りあいに当たればいいけどね……。あんまりあちこちでソレやってると、不審者《ふしんしゃ》と思われて通報されかねないよね……しらみつぶしにするのもむずかしい」

朝食をすませて部屋を出る前に、史はクローゼットからマフラーが入った収納バッグを取りだした。十一月も中旬にさしかかり、朝晩はずいぶん寒くなってきたからだ。

そのとき、収納バッグと一緒に薄手の布バッグが出てきて、何かがちゃりりんと音を立てた。

「あれっ……?」

床に落ちた布バッグの中から、キーホルダーが飛び出している。

史はそのキーホルダーをじっと見た。アニメキャラっぽいが、自分のものじゃないことだけははっきりと分かる。史はこういうキャラグッズにまったく興味がないのだ。

「……ん、これ……なんだろ……」

「史のものではないのか？」

史が拾い上げたそのキーホルダーを、レイも覗き込む。

「いや……僕のじゃない。それにこれ、新品だよね」

キーホルダーリングにぶら下がっているのは、女の子キャラが小さくデフォルメされた直径五センチほどのアクリル製プレートで、傷がつかないようにＯＰＰ袋に入っており未開封だ。しかし売り物ならあるはずのバーコードや製品情報のシールが裏面に貼《は》られていない。

「これ、売り物じゃないってことかなぁ……」

不可解さに顔を顰《しか》めていたが、史ははっと閃いた。レイがその表情を見て「どうした？」と問いかける。

「あ、あれっ……これ……このキーホルダー……もしかして……レイのじゃない？」

「えっ？」

キーホルダーはもちろん、布バッグの存在自体をすっかり忘れていた。セレクトショップで買ったもので、二枚組みのＴシャツが入っていた布バッグだ。手提げバッグとして使えそうだなと思って取っておいたはずが、どこへやったか分からなくなっていた。それが今になってひょっこり出てきたということか。

「違うかなぁ……去年じゃない……二年か、いや三年くらい前だよ。朝の通勤電車の中でスーツ姿のサラリーマンが、紙袋の中身をばっさーって落として……」

彼は風邪をひいていたのかマスクをしていて、大きな紙袋を持っていた。その紙袋の底が破れたのだ。

紙袋の中にはキャラクターグッズがたくさん入っていた。ぬいぐるみやキーホルダー、アクリルプレート、コースター……手のひらサイズの小さなものばかりだ。思い返してみれば、たった今クローゼットから出てきたものと似たようなアニメキャラだった気がする。

揺れる車内でサラリーマンはその小さなグッズを懸命に拾い集めていて、彼の傍らには「うわ、アニオタ？」と嘲笑《ちょうしょう》する若い子や、迷惑そうに顔を歪《ゆが》める人もいた。

拾ってあげたいと思った人はいたかもしれない。勝手にさわらないでほしい、放っておいてほしいと、落とした本人が思っているかもしれない。でも史にはその屈《かが》んで拾うサラリーマンの横顔が少しつらそうに見えた。拾った傍から再び落とすし、マスクをしていて苦しそうで、もしかして熱でもあって具合が悪いのでは、と感じたのだ。

だから史は人を数人かきわけて進み、彼がばらまいたグッズを拾ってあげた。

でもそれらがもともと入っていた紙袋は破れていて、もう使い物にならない。レジ袋くらいのサイズでは入りきらない量だ。ちょうど史が拾い上げたものの中に、手のひらサイズに折りたたまれた薄いコットンのトートバッグ（アニメキャラプリント入り）があった。最終的に彼はそのトートバッグにすべてのグッズを詰め込んだのだが、相当恥ずかしかったようで、手伝った史と目も合わせず、ぺこっと会釈をしただけで逃げるように去った。

「……ということがあって」

過去にあった出来事を史が説明したが、レイは何も思い出せないようだ。

「そのまともにお礼も言わずに去った無礼なサラリーマンが、俺じゃないか……と？」

「でも毎朝、レイが僕と同じ東上線に乗るようになったのって、ここ一年くらいなんだよね……だから三年くらい前のあれが本当にレイだったのかちょっと自信ないんだけど……でもそんな気がする」

「で……たった今、クローゼットから出てきたこのキーホルダーとどんな関係が？」

レイが指で摘まんだキーホルダーが、ゆらゆらと揺れている。

「それはあのとき拾いそびれてたやつ。電車の中に落ちてたのを僕が拾ってサラリーマンを追いかけたけど、人混みで見失った。次にもし会えたら渡そうと思って、でも会えないままで、そうしてるうちにこのキーホルダーのことも忘れてしまって……」

史がそのとき使っていた布バッグにキーホルダーを入れたまま、このクローゼットにしまい込んでいたわけだ。

「……たしかに、拾ってあげたエピソードは史らしいが……そのサラリーマンは俺なんだろうか……思い出せない……」

「僕に関係することだったらレイの記憶に残ってるはず……だよね。じゃあ、ちがうってことかな。でも彼は僕の顔を見る余裕もなさそうだったし、その出来事を忘れてしまってるかもしれないよね、僕みたいに」

史とレイは顔を見合わせた。一緒にグッズを拾ってくれた人のことをレイ自身が覚えていなければ、記憶から消されてしまっていても無理はない。

「このキーホルダーがレイのものだと仮定して、これがレイの身元を探すための手がかりにならないかな」

レイには記憶も何もないので、藁《わら》にも縋《すが》らないと進まない状況だ。

「あんなにたくさん、袋が破れるくらいにグッズを持ってたってことはだよ。このキャラのすっごいファンかもしれないけど、これがもし本当に売り物じゃなかったら、景品とか販促品とかサンプル品とかかもじゃん？　だからこれがなんのキャラなのかが分かれば、レイの身元判明のヒントくらいにはなるかもしれない」

「池袋にはこういうグッズを取り扱っている店や会社がたくさんありそうだ……」

「それでも、途方もなく広い池袋からだいぶ絞られそうじゃない？」

レイは史の目を見て「そうだな」とうなずいた。

池袋は、駅を境に大きく東と西に分かれている。アニメキャラなら東側に関連する店や会社が多いのでは、と史は踏んだ。

とはいえ、店の営業もあるので本格的に探すなら休日を待つしかない。

店に出す商品の仕込みが終わってひと息つくときも、頭にあるのは今朝見つけたキーホルダーのことだ。

キーホルダーを隅々まで確認すると、キャラの足もとにけしの実くらいの極小文字で『HTP／INC』とコピーライトの表記はあるが、それをスマホで検索しても謎でしかなかった。

「……あ、このキーホルダーのキャラが何か、SNSで訊いてみるのはどうかな」

史の提案にレイは「反応があればいいが……」と不安げだ。

とにかくやってみようということになり、『たまむすび』のSNSアカウントに、ダメモトでキーホルダーの画像をアップしてみた。

『これはなんのキャラクターでしょうか？　今も入手可能ですか？』とだけ書き、『身元不明者の手がかりになるかも』とのこちらの事情は伏せておく。

今日まで、SNS等にレイ本人の画像を上げて捜索する、ということはしていない。顔出しして情報を募《つの》るのは、本当にどうしようもなくなったときの最終手段だと考えている。

匿名性《とくめいせい》の高いSNSでは困っている人の弱みにつけこむ輩《やから》もいるし、絡んでくる人たちのコメントのどれが有力な情報なのか、精査するのはむずかしいと思ったからだ。でもこういう

『捜し物』なら、知っている人が情報をくれるかもしれない。

客足がとまった午後にSNSを確認すると投稿記事にコメントがついていた。

「レイ、コメントきてるよ。これ……スマホゲームのキャラみたい」

「アニメじゃないのか」

レイも史と一緒にタブレットの画面を覗き込んだ。

情報提供者によると、『戦国アイドル大戦』というゲームに登場する美少女をちびキャラ化したものらしい。他にも同じ指摘のコメントが複数寄せられている。

「戦国でアイドル……身体よりだいぶ大きく描かれた女の子の顔にばっかり注目してたけど、たしかにいわれてみればコスチュームが鎧《よろい》っぽい……？」

さらに、『三年くらい前にゲーム会社が集まるイベントで配られたノベルティのひとつじゃないか』と、キーホルダーそのものの情報もある。

そのSNSで得た情報から、ゲームを制作したとされる会社『インクネス』についても調べてみた。『戦国アイドル大戦』はここ最近アップデートもなくオワコンとされているようだが、そのソーシャルゲームの会社が池袋の東側にあるようだ。

「池袋とつながったな」

レイが驚いた表情で史を見つめる。史もうなずいた。

「レイ……これ、可能性あるんじゃない？　ゲーム会社、グッズを作ってる会社とか、ここからレイにつながるかもしれない」

まずはゲーム会社の場所を調べ、帰りに近くまで行ってみようということになった。いきなり会社を訪ねるわけにもいかないが、レイを知っている人とすれ違うかもしれない。ふたりはそのわずかな可能性に賭けた。


十九時半過ぎ。店の営業を終え、ふたりは池袋駅の東側にやってきた。史がいつも使っている改札とは真反対側だ。派手なイルミネーションが瞬き、ＥＤＭが四方からサラウンドで響いて、ゲームセンターや、アニメキャラグッズを取り扱う店が多く並んでいる。

例のキーホルダーのキャラ名は『まつりちゃん』。青いマイクを持ち、ビスチェが鎧の胸当てのデザイン、下はミニスカートだ。『戦国時代にタイムスリップした売り出し中の六人のアイドルがバトルする！』という理解が難しい設定だった。

「頼むよ『まつりちゃん』。きみを創った人がこの辺りにいて、もしもレイとつながりがあるなら、どうか会わせて」

キーホルダーに向けて神頼みする史の隣で、レイが「あっ」と声を上げる。

「……それ、史の願いで、だいぶ具体的だから魔法が使える！」

今さらなことに気付き、ふたりは立ちどまり顔を見合わせて、啞然とした。

今まで魔法＝メスイキ一色すぎて、本当に頭が回らなくなっていたらしい。

「……僕がばかになってるのは仕方ないけどさ……」

「どうして俺は今まで気付かなかったんだ。すまない」

この往来が激しい街のど真ん中で、魔法のステッキを振りかざすのはなかなかに恥ずかしいだろうが、四の五の言ってはいられない。

レイが水色のステッキを手に呪文を唱えた。そんなレイの姿を見た通行人から「コスプレ？」「カフェ店員の呼び込みじゃない？」との声が史の耳に届く。

呪文を唱えたあと、史とレイは辺りをしばらく見回した。しかし、レイに気付いて声をかけてくるような人はいない。

「希望は具体的だが、さすがに内容が途方もなかったか……」

ふたりはそこからソーシャルゲーム会社『インクネス』へ向かってさらに歩いてみることにした。

すでに二十時近い。頭上を首都高が延び、歩道を挟んだ都道は車通りがあるが、徐々に中心地の雑踏から離れると人通りが少なくなる。

「信号を渡って二ブロック先にオフィスがあるみたい。そこまで行ってみよう」

「それらしい人はいないな。魔法の効果が及ばないほど、核心には遠いということだろうか」

そんな会話をしながら歩いていると、こちらへ向かって歩いてくるスーツ姿の男性がやけにレイを見ていることに史は気がついた。

何か話しかけられるのでは……と史は様子を見守っていたが、凝視するだけで通りすぎる。レイが少々おかしな格好をしているために、通行人にチラ見されることはわりとある――……だがしかし。

気になって史が背後へ目を遣ると、その男性もしかめっ面《つら》でこちらを振り返っていた。

「……加賀谷《かがや》……？」

男性は、やはりレイのことを見ている。そしてレイを『加賀谷』と呼んだようだ。

「レ……レイ、レイ、あの人、あの人！」

史に呼ばれてレイもようやくその男性のほうへ目を向ける。すると男性は目玉が落ちそうなくらいに瞠目《どうもく》し、「あああああっ！」と悲鳴を上げた。

「かっ、加賀谷っ……加賀谷、おまえっ……！」

今度は殴りかかりそうな勢いで引き返し、こちらへ突進してくる。

ついに対峙《たいじ》した男性は、それでも反応の薄いレイに「はぁ？」と苛立《いらだ》ちをあらわにした。

「そのすっとぼけ顔はなんなわけ？　加賀谷、おまえ今までどこで何やってたんだよ……。なんだよその格好、ふざけてるのか？」

いきなり強い口調で質問を浴びせられて返す言葉もなく戸惑うレイに対し、男性は「加賀谷？」と訝《いぶか》しんでいる。

「あ、あの、すみません、わたしは彼の付き添いの者なんですが」

史が男性に話しかけると「……付き添い？」とようやく声のトーンを落とした。

「この人、記憶喪失なんです」

「……記憶……喪失……？」

男性の最初の勢いは失速し、ついに言葉を失った。


三人は、ひとまず近くのカフェに入った。

スーツ姿の男性の名前は来間《くるま》淳宏《あつひろ》。受け取った名刺には『株式会社　インクネス』と会社名が入っている。あのキーホルダー『まつりちゃん』が登場するゲーム、『戦国アイドル大戦』のゲーム制作と配信を行っている会社だ。史はスマホゲームをやらないので会社名を聞いてもぴんとこなかったが、現在大ヒット中の新作ゲームも作っていて、そのテレビＣＭが流れているのを見たことがある。

『戦国アイドル大戦』の『まつりちゃん』キーホルダーは、情報どおり、三年前のゲームイベントで配られたノベルティグッズだった。

「大きなイベントがあるときは、部署関係なく準備などの加勢に呼ばれたりするんで。だから加賀谷さんがノベルティグッズを大量に持ってても不思議じゃないです」

レイがキーホルダーを落とした経緯を、来間が予想してそう説明してくれた。

レイの本当の名前は『加賀谷瑛士《えいじ》』というらしい。

「加賀谷さんが急に会社に来なくなって、ひと月近く経《た》ちます。まぁ、あの……職種的に、無断欠勤、突然失踪《しっそう》してそのまま退職っていうのは珍しくないんですけども……。連絡が取れたらマシ、くらいで。とはいえ、加賀谷さんはそういう無責任なやつじゃなかったから」

コーヒーを飲んでようやく落ち着いたらしく、来間は両手で顔を覆い、ため息をついた。

「すみません……さっきは取り乱しまして。歳はわたしが二つ上ですが、加賀谷さんのほうが上司で、うちのリーダーなんです。ちょっと憤りが脳天突き抜けてたんで……」

史が「上司？」と問うと、来間はタブレットをカフェテーブルに置き、会社概要《がいよう》や組織図を見せてくれた。

『インクネス』は設立二十年、スマホゲームやオンラインゲームを制作する会社で、単体の社員は約二百名、グループの連結従業員数でいうと千三百名ほど。近年はとくにスマホゲームが好調で、グループ全体の売上高は一千億円を推移している。

「加賀谷さんはゲーム制作部の、このデバッグチームのデバッガーリーダーで……わたしはその下のサブリーダー、今は彼の代理をやっています。あ、デバッガーっていうのは、プランナーとクリエーターが作ったゲームを、テスト・評価・修正する人のことです」

「あー……ゲームにバグがないか確認したりする、あれですか？」

ゲームをやらなくても、そういうテストプレイをする人たちがいるというのは知っている。

「そうです。そういうことも含めて、ゲームを最終的に世に出せるものにする仕事で、デバッグやってるアルバイトさんまで入れると全国に千人くらいいるんですけど、そういう人たちをとりまとめてるのが加賀谷さんで……。今はわたしが彼の仕事の穴埋めを」

レイを見つけた瞬間に来間が発狂しそうな勢いだった意味が分かった。急に失踪した上司の尻拭《しりぬぐ》いからフォローまでをいきなり任され、ひさしぶりに会ったら魔法のステッキなんて持ってのほほ～んと歩いていたのだ。誰だって怒りが先に来るだろう。

「クリエーターが属する制作チーム……華やかな表舞台を下支えしているのが、加賀谷さんが率いるデバッグチームです。最終工程なのでつねに納期がぎちぎちだし、バグを出せばクレーム直撃。リリース後もアプデ、デバッグ、アプデ……それがエンドレスの世界なんで」

どんなにたいへんな仕事なのか史には分からないが、来間が「失踪が珍しくない」と言ったのだ。かなり過酷《かこく》なのだろう。

「たいへんご迷惑をおかけしているようだな……申し訳ない」

レイがしおらしく詫《わ》びると、なぜか来間が宇宙人にでも遭遇《そうぐう》したような表情になる。それから来間はしばし唖然として「謝るんだ……」とつぶやいた。まるで「人に謝罪などしないタイプなのに」と言いたげだ。

「えー……あの、加賀谷さんは……頭とか打ったんですか？　交通事故とか？」

来間に問われるが、まさか「魔女に魔法使いにされて、記憶を奪われたようです」と説明するわけにもいかない。だから史は曖昧《あいまい》な笑みを浮かべた。

「僕が会ったときにはすでに記憶喪失だったので。彼がどこの誰なのか分からないまま、身元が判明する手がかりはないかと、今日まで探してて」

来間は「そうなんですか……」と納得しつつも、がっかりしたような顔をしている。

「記憶がないってことは仕事に復帰するのは難しいのかな……でも身体は元気そうで安心しました。普通に生活はできてるんですよね？」

「生活には困らないし、文字を読んだり書いたりはできます」

「加賀谷さんに関して、わたしが分かることでしたらお答えしますよ。スマホの番号ならすぐに分かります。自宅の住所も、会社の総務課の者が教えてくれるはずです」

これでやっとレイの身元が判明する。ほっと安心して「よかったね、レイ」と横を見ると、レイはタブレットの画面をじっと睨むように凝視していた。

タブレットのロック画面に、英数字の羅列《られつ》画像が表示されている。

「加賀谷さん……？」

来間が問いかけると、レイは顰めていた顔を上げて瞬いた。

「このシープラ……『ＥＲＥＮＡ』をずーっと『ＥＬＥＮＡ』とスペルミスしてる。誰だ、こんな凡ミスコードを見逃《みのが》したの」

レイの指摘に来間が「うあ……」と喉が引きつるような声を絞りだし、「俺だよ！」と立ち上がる。

「そうだよ、これ、デバッガーが最後まで誰も気付かなかったっていう、ダサくてとんでもないバグのスクショ！　それを新入社員のおまえがぺろっと見つけて、俺は面目《めんぼく》丸つぶれだけどおかげで命拾いしたっていう……。そのあとも年下の加賀谷さんに仕事であっという間に追い抜かれて……。だから俺は初心忘るるべからずでタブレットのロック画面に使って……あ？

加賀谷、おまえ今『シープラ』っつったよな」

来間はとても興奮していて、俺だおまえだと、ずいぶん混乱した口調になっている。

「C＋＋……だから、シープラだ」

「普通の人は『C＋＋……これなんて読むの？』っていうレベルだよ」

史はふたりの会話の内容がうっすらしか理解できず、右隣のレイと斜向かいの来間を交互に目で追った。すると今度は来間が強いまなざしで史を見据える。

「……えっと……永瀬さん……お時間があるようでしたら、今から一緒にうちの会社に来ませんか？　加賀谷さんは多分、プログラミング言語を理解してて、ソースも読めてます」

「……仕事を覚えてるってことですか？」

「おそらく。思い出とか対人の記憶はなくしてるけど、言葉を読み書きできるんですよね。プログラミング言語も、それと同じなのかもしれません」

つまり、職場に復帰すれば仕事ができるのではないか——来間はそう考えたようだ。

一刻も早くレイの身元が分かるものが欲しいし、今後レイの記憶が戻らなくても仕事ができるようになれば、生活していくことに不安がなくなる。

史は来間に向かって「遅い時間ですけど、会社のご迷惑でなければぜひ」とお願いした。

案内されたオフィスのフロアには十人ほど作業中の社員がいて、そこに現れたレイにみな驚《きょう》愕《がく》してざわついた。

「ど、どうしたんですか？　加賀谷さん……その格好……」

さまざまに反応があるが、みなはじめて会ったときの来間と同様に戸惑っている。

「加賀谷さんは事故にあったかなんかで、記憶を失ってるらしい。この方は加賀谷さんを保護してくれてる永瀬さん」

社員らは顔を見合わせたり立ち上がったり、それぞれに驚きつつ、付き添っている史に会釈してくれた。

「加賀谷さん、これ来年秋にリリース予定で進んでるゲームなんだけど。ロケットを打ち上げて十二秒後にプログラムが停止するんです。しかもロケットが上じゃなくて、なぜか横に飛ぶ」

レイは来間に誘われて、ゲーミングＰＣの前に座った。最初はきょろきょろと落ち着きなく

していたものの、画面を食い入るように睨んでキーボードを引き寄せ、何やら打ち込み始めた。

周囲の社員がレイの周りに集まり、その様子を見守っている。レイの打鍵《だけん》の音だけがオフィスに響く中、そのうしろ姿を見れば、彼の全神経と意識が目の前のパソコンに集中しているのが史にも見て取れた。

いつも史の傍にいたレイとは、纏う雰囲気がぜんぜん違う。

「プリントする」

いくらか経ってレイがぼそっとつぶやくと、来間が目を見開いて「ああ」とうなずいた。

プリントアウトされた紙の束《たば》を女性社員に手渡されたレイは、今度は脇机でそれに向かって何かを書き込み始める。誰も声をかけられないほどの緊張感に満ち、レイの横顔は史の知らない人みたいだ。その姿は、映画で見るような天才数学博士を彷彿《ほうふつ》とさせる。

何が起こっているのか分からず立ち尽くしていた史に、来間が「どうぞ、かけてください」と椅子に案内してくれた。

「記憶をなくしてても、あそこにいるのは間違いなく加賀谷さんだ」

そうつぶやく来間はほっと息をつき、うれしそうだ。

「コードが複雑だと、エディタでは目が滑って見誤ることもある。加賀谷さんが本気出すときは、ああやって用紙に出力するんです。加賀谷さん曰《いわ》く、『紙に出すと見えなかったものが見えたりする』らしくて。古《いにしえ》のやり方だって、嗤《わら》う人もいるけど」

史には何をしているのかさっぱり分からないが、それからレイは二十分ほどかけて、パソコンと脇机の間を行ったり来たりしながら作業に没頭《ぼっとう》していた。

「あー……」

レイが声を上げると、来間が「分かったのか？」とそちらへ飛んで行く。

「速度は64ビット浮動小数点数で持ってるのに、ここのコードでなぜか16ビット整数に変換してるから、オーバーフローで停止する。これがもし本物のロケットだったら、スカイツリー建設費相当が一瞬で消えるだろうな」

とくにドヤることもなく淡々と指摘したレイの脇で来間は絶句し、レイの前のデスクの女性は「ぐうの音も出ないほどの毒舌は健在ですね……」と苦笑した。

「……だけど言い方にやさしさを感じる。加賀谷さん、どうしちゃったんですか？」

そんな容赦《ようしゃ》ない質問を浴びせられたのに、レイが「さっきも話したが、記憶喪失になりまして」と鷹揚《おうよう》に返すので、女性は「わ、笑った……加賀谷さんが笑った……」とそのままうしろに卒倒しそうになっている。

「……あの、永瀬さん……、加賀谷さんをあしたからここに出勤させてもらえませんか」

来間にそう問いかけられて、史ははっと立ち上がった。

「……レイ……あ、えっと……彼がだいじょうぶなら」

史は記憶喪失のレイを保護していただけの立場だ。彼は記憶がないものの、しっかりとした意思はある。

「頼むよ、加賀谷さん。戻ってきてくれ。これまでの無断欠勤の件を上に話すときは俺も同席するし、復帰のために必要なフォローもするから！」

「……あ……俺でお役に立てるなら……」

レイが戸惑いつつもうなずくと、来間が「よかった……」と笑顔を見せた。史の近くに立っていた人たちは「あれほんとに加賀谷さん？」「別人じゃないの？」とざわついている。

加賀谷瑛士は元来謙虚《けんきょ》な発言をしない、横柄《おうへい》な態度で、謝らないし、笑わない――そういうイメージだったのだろうか。

史はそれぞれの反応を垣間見《かいまみ》て、『加賀谷瑛士』に対する評価を知り、なんだか胸が痛くなった。まるで自分のことのように、ちくちくと刺さったのだ。


そのあとは来間が総務課長に連絡を取ってくれて、加賀谷瑛士の自宅住所や入社時の履歴書など、会社が握っている個人情報を入手することができた。

会社を出たときはすでに二十二時近かったが、史とレイはもちろん、来間も夕飯を食べていなかったので、三人で近くの居酒屋に入った。

「いろいろとありがとうございました。帰り際だったのに、こんな時間まですみません」

史が来間に礼を伝えると、来間は「いやいや、こちらが助けていただいたんで」と恐縮している。

「史、サラダに手が届かないだろう。盛ってやるから取り皿をくれ」

「あ、ありがと」

「店員さん、お冷やをひとついただけないか。史はお酒に酔いやすいからな」

史の隣で甲斐甲斐《かいがい》しく動くレイの姿を見て、来間が目を瞬かせている。

「え……永瀬さんの前で、加賀谷さんっていつもこんなかんじなんですか？」

来間に問われ、史は少々てれくさく感じつつも「あ、はい」とうなずいた。

「僕はテイクアウトの店をやってるんですけど、店も、家事も毎日手伝ってくれますし。お客さんに濃《こま》やかな気遣いで対応してくれて、彼がいてくれるおかげでお店も繁盛してます」

史の返しに来間は「接客？　加賀谷さんがですか？」と信じられないらしい反応だ。

「でもじゃあ……永瀬さんのところでよくしていただいて、加賀谷さんも楽しくそちらの仕事をしてたってことですよね……」

「ですが、彼が本来持っている能力を活《い》かせる、もとの職場に戻れるみたいでよかったです」

史が慌ててフォローすると、来間は複雑な笑みを浮かべている。もともとは『インクネス』の社員なのに、今のレイはその記憶がないから、来間からすると横から奪い取るような気持ちになっているのかもしれない。

レイは来間の戸惑いにはお構いなしで「史、お刺身《さしみ》おいしいぞ」と勧め、来間にも「遠慮せずに飲んで食べてくれ。支払いは史だけど」と冗談を言って笑ったりした。そんなレイを前にして、来間の表情からますます困惑の色が消えない。

「ニュー加賀谷の姿を見慣れなすぎて……。俺が知っている彼とは別人のようです」

「……さっきもオフィスで社員さんたちがざわついてたので……。レイが元の職場ではどういうキャラだったのか、なんとなく察しはついたんですが……」

史が言葉を濁《にご》すと、レイが「だいぶきらわれていたようだ」と率直なパスを返してきた。

それをとくに否定せず、来間が苦笑している。

「まぁ、その、一匹狼みたいなところがあって。上に立つプロデューサーやプログラマーにも食ってかかるし、下にも厳《きび》しくて、なかなかつきあいづらいというか……。加賀谷さんは仕事ができるリーダーだったわけですけど、誰もが彼と同レベルで仕事をこなせるならそりゃあ、ね……」

「ようするに加賀谷瑛士という男は、冷たくて傲慢《ごうまん》で、人の気持ちを察したり、やさしい言葉をかけるなどの配慮ができないために、あのフロアのみんなに煙《けむ》たがられていたわけだな」

来間が言えない部分に切り込んで自虐《じぎゃく》するレイも、決して楽しそうではない。当然だ。本当の自分は、仕事はできるが仲間として信頼されていないタイプだったと知って、うれしい者などいない。

「でも……加賀谷さんが一度、ひどく酔っ払って……俺に愚痴《ぐち》をこぼしたことがあります」

来間はどこかうれしそうにそう話し出した。

「『気負いなくやさしい言葉をかけることのできる、人望の厚い、好かれる人になれたら、俺もしあわせになれただろうか』って……加賀谷さんは俺にぼやいたことを覚えてなかったですけど。だから俺は、あーなんか、ちょっと不器用なだけなんだろうなって……。こんなこと本人には絶対言えなかったです。でもニュー加賀谷は俺からすると別人みたいだから」

加賀谷瑛士には言えなかったことを、レイにだったら言えるということらしい。

「安心してくれ。俺の記憶はもう戻らない。だからニュー加賀谷が旧加賀谷に戻ることはない」

明るく断言するレイに、来間が詳《くわ》しい事情は分からないまま「あはは」と笑っている。

このころには来間の表情から緊張が取れ、困惑が消えて、三人は酒と料理を楽しんだ。

「俺はね、やさしさって二種類あると思うんだ。強さから生まれるやさしさと、弱さを隠すためのやさしさ。加賀谷さんは、強かったよ。自信に満ちてた。今の加賀谷さんは、本来持ってる強さからくるやさしさを惜しみなく出してるってことなんじゃないかな」

来間は少し酔っているようだ。気分よさそうに語るので、史はレイと顔を見合わせて話を聞いた。このひと月、消えたレイの代わりに闘《たたか》ってきた男を労《ねぎら》いたい気持ちもある。

「加賀谷さんがいなくなって、周りのみんな、最初は『来間さんはやさしい』って言ってくれてたのが、この頃は『なんか頼りない』って本音が出始めた。俺のやさしさなんて、自信のなさの表れなんだよ。俺だって自分で分かってる。加賀谷さんはたしかに厳しかったけど、本当に頼れるのはそんな強いリーダーってこと。だから戻ってきてくれてうれしいよ。今日は爆睡《ばくすい》できる」

肩の力が抜けた来間が、「ビールうまっ」とおいしそうに飲む姿もほほえましい。

「上から言うけど、今の加賀谷さん、すごくいいと思うよ。俺に愚痴ったみたいに、今ここにいる加賀谷さんこそが、ずっとなりたかった自分なんじゃないの?」

来間の指摘に、レイはほっとしたようにはにかんだ。

「……そうなんだろうか。人生をやり直すことはできないけど、リスタートしたのなら、悪くないな」

ふたりのやり取りを聞いていた史も、先行きが明るくてなんだかうれしくなった。

「ところで加賀谷さん、その水色のステッキはなんなんだよ」

「あぁ、俺は魔法使いになったんだ」

レイがまじめに返すけれど、来間は爆笑している。

「そんな冗談言うようになったなんて。いくらなんでもだろ。あんまり驚かせるなよ」

「そんなに笑うなんて失礼だな。ほんとなのに」

「永瀬さんの隣で、このひと月、よっぽどしあわせだったんだな」

来間のその言葉にレイは目を大きく見開き、「そうだな」と柔らかにほほえんでうなずいた。

来間とは居酒屋の前で別れた。

「あしたの出社時間、僕と一緒に家を出れば充分間に合うんだよね」

「記憶をなくす前と変わらずだな」

レイの正体は『加賀谷瑛士』で、年齢は史より四つ年上の三十歳。住んでいたのは東武練馬。東京生まれ東京育ちで、大学を卒業後に今の会社に就職。結婚歴はない。来間の話では「彼女もいなかったはず」とのことだった。

「僕も、レイじゃなくて加賀谷さんって呼んだほうがいい？」

「え、急に？『レイ』でかまわない。史だけに、そう呼んでほしい」

レイの甘いほほえみがなんだか胸にじんとくる。

「レイ……でも、よかったね。一カ月近くの無断欠勤がどういう扱いになるかは分からないけど……職場復帰できるみたいだし」

「そうだな。病院の診断書を提出できればいいんだろうが……多少の減俸《げんぽう》は仕方ない。みんなに迷惑をかけたのは事実だからな」

会話が途切れ、ヘッドライトを点けた車が傍の都道を何台も通り過ぎる。

——レイは……自分の家に帰るのかな……。

訊くのが怖い。だから黙ってしまって、どんどん沈黙が長くなる。

ふいにレイが「史は……」と話し始めたので、史はいつの間にか落ちていた目線を上げた。

レイの横顔が少し寂しそうに見える。

「俺が本当はいやなやつだと分かって、がっかりしなかったか……？」

「……え？　どうして？　今のレイのことしか知らないけど……僕は好きだよ」

好きだよ、と言葉にしたら、なぜだか胸がどきんと鳴った。

一度そうなると、どどどど、と心臓がいつもより早く鼓動し始める。そんな史の顔をレイがじっと見つめてきて、史はなんだか困った。てれくさいし、どきどきがもっと激しくなる。

「史は……俺のパーソナリティを探すためにいろいろしてくれた。店だって忙しいのに、自分のことみたいに懸命に。史はきっと、困っているのが俺じゃなくても、できる限りの方法で手を貸してくれるんだろうな……」

「いや、でもさすがに誰でもってわけじゃ……」

「史、メスイキ以外に希望はないのか？　欲しいものはないのか？」

「……他に欲しいもの？」

なぜ今またそんなことを訊くのだろうと考えて、史は魔女の言葉を思い出し、はっとした。

魔女は「彼があなたをしあわせにできたら、ちゃんと心臓は返してあげる」「彼がいったい誰なのか、パーソナリティがどこにあるのか、あなたが一緒に探してあげて？」と言っていた。

レイのパーソナリティは今日で取り戻せたことになるだろう。あとは史がしあわせになるだけだ。だからレイは早く史をしあわせにして、もとの生活に戻ろうとしているのかもしれない。

それはちっともおかしなことではないし、ぜひそうするべきだ。今までだってそう思って協力し、身元が判明したのがうれしく、ほっとしている。それは頭で分かるのに、レイが積極的に史の願いを叶えようとすると、今度は史の胸がぎゅっと窄まった。

レイのことを悪く言われても胸が痛く、レイにいい風が吹いている気配を感じればうれしさもあるけれど、同時に苦しい。そしてさみしい。

——苦しいのは、さみしいのは……なんで？

「服とか靴《くつ》とか、そういうものでもいいぞ。プレゼントがしたい」

レイのわくわくした表情を、まともに見ていられない。

「プレゼント……って、お礼とかならべつに」

「史は本当に控《ひか》えめだな。もっとわがままを言っていいし、欲しがっていいんだぞ。史のために何かしたい。俺は史のためならなんだってできる。空だって飛べるぞ」

いきなりレイに抱きかかえられて「ちょっと……レイ！」と慌てるそばから、そのまま夜空に向かってジャンプした。それで終わりかと思いきや、宙に浮いた身体が勢いよく上昇する。ぐんとスピードが上がり、風を切り、ジェットコースターに乗っているみたいだ。うっかり下を見ると、さっきまで歩いていた都道、首都高が眼下にのびている。これは夢じゃなくて現実だ。

「うぎゃあああああっ、まじでほんとに無理だからっ！　レイ!!」

レイの首筋にしがみついて「下ろせってばっ！」と半泣きで叫ぶ。

しっかり抱きしめられ、レイがひたいにキスをくれて、その瞬間に史は強く目を瞑った。

次にまぶたを上げたときは、すでに地上で、ふたりが歩いていた都道だ。史は地面にへたり込んで、肩で息をしながら涙目でレイを見上げる。

「高いところ、まじで無理だから！」

「すまない。でも飛んでいる間、史にぎゅうっと抱きつかれるのは楽しかった」

レイは屈んで史と目線を合わせ「また訊くから、次こそ史が欲しいものを言ってくれたらいい」と甘くほほえんだ。


史の心配をよそに、レイは当然のように史の家に一緒に帰り、入浴後は史のベッドへ入ってきた。

史が不思議なものでも見るような気持ちでいると、レイは「どうした？」とやさしい声で問いかけてくる。

「……レイの家、あした時間あったら行ってみる？」

「……まぁ、そうだな。財布の中身が自宅にあるのかは分からないが、貴重品の所在は確認したいな」

おだやかに答えるレイの胸に、史は顔を寄せた。

「……そのあとは？　そのまま、そっちの家に……？」

「え？　あ、自分の家に帰るのかってことを気にしてるんだな？　俺は史をまだまだメスイキさせたい……と思ってるのだが、あしたからも、ずっと、ここへ戻ってきてもいいか？」

史は無言でただレイの背中に手をのばし、ぎゅっと抱きついた。ずっとここにいていいし、ほかのどこへも行かないでほしい。

「……レイ……今日、きつい？」

もう深夜一時を過ぎている。レイはあしたからもとの職場に復帰するのだし、早く寝たほうがいいと分かっているのに、今日は心も身体もがまんがききそうにない。

「しよう」

レイは史の問いかけに対し、質問で返したり惑いを見せたりすることなく、そうストレートに誘ってくれた。

しがみついたままくちづけられて、胸がきゅうんと切なくしぼられる。

——あぁ、どうしよう。レイが好きなんだ……！

『加賀谷瑛士』に戻ってほしくない。レイにはこのままここにいてほしい。

しあわせになる、というのがどういうことなのか分からない。でもレイが魔法使いのままなら、ずっと一緒にいられるのではないか、と史は抱きしめられながら考えた。

——でも、僕がしあわせにならないと……レイの心臓を魔女に食べられてしまう……。

レイと一緒にいたいけれど、史がしあわせになったら、レイは魔法使いじゃなくなり、ここから去るのではないか。

——じゃあどっちにしても、レイとは離れることになる……？

つらすぎる想像を蹴散《けち》らし、史はレイに快楽をねだった。

「いや……いや、レイ、もっと……奥、奥に」

ペニスを挿入《そうにゅう》されてすぐに、深くまでレイでいっぱいにしてほしくなる。

史はレイの下肢に脚を絡みつけて引き寄せ、誘うように自ら腰を揺らして、呑み込む行為に夢中になった。

レイがもとの職場に復帰した。朝はふたり一緒に家を出るけれど、帰りはばらばらだ。仕事から帰ってくると、レイはほぼ毎日、史《ふみ》にプレゼントを渡してくる。

初日は花束だった。「ちょっとベタだが」とレイにうれしそうに差し出され、史は美しく咲いた花と芳香を抱えて「きれいだね」と喜んでそれをフラワーベースに飾った。

そのまた翌日には手ざわりのいい厚手のニット、さらにカシミアのマフラー、帽子、靴……貢《みつ》ぎ物《もの》のように次から次へとレイが何かしら持ち帰る。

レイに悪気はまったくない。なのに、史は「早くしあわせになってくれ」と追い立てられているような気持ちになって、プレゼント攻撃が十日ほど続いたころには、すっかり落ち込んでしまった。

――魔法使いをやめて、一日も早く魔女に心臓を返してもらいたいのは当然だろうけど、プレゼント攻撃が始まったらえっちが減ったし……、その穴埋めみたいにも感じる……。

ひとりでいるとき、碌《ろく》なことを考えない。

部屋の時計を見ると、もうすぐ二十二時だ。レイの帰宅は遅い。史は夕飯をひとりで食べて、ぽつんとレイの帰りを待つ。一分でも早く帰ってきてほしいのに、また今日も史にとって必要のないプレゼントをレイは選んでいるのだろうか。

『たまむすび』にレイが立たなくなって、常連さんや惣菜店『にかわ』の奥さんも「あら、レイくんお手伝いは辞めちゃったの？　寂しいわね」と残念がっていた。史にはかつての日常が戻っただけなのに、ふと店にひとりだと思うと、妙にさみしい気持ちになる。

ごろりと寝転んでいたら、スマホのＬＩＮＥ通知音が鳴ったのではっと起き上がった。

レイかと期待して見たが、来間《くるま》からだ。来間とは最初に会った日「加賀谷《かがや》さんにもしも何かあったとき用に」とＩＤを交換していた。

『毎日帰りが遅くて心配かと思いますが、加賀谷さんはこちらでも元気にしています。みんなに頼られて加賀谷さんの取りあいのようになっています。今日で仕事が一段落したので、休日はゆっくりお過ごしください　来間』

メッセージを読む限り、復帰した職場でレイはうまくやれているようだ。

『頼られて取りあい』だなんて、来間があえて書いてくれたということは、レイがこれまでの不評を払拭《ふっしょく》し、部下たちに実力も人柄《ひとがら》も愛されていると、史に報告して安心させてやりたいとの気遣いなのだろう。

うれしい反面、また史は複雑な気持ちが胸に湧くのを感じた。こんなもやもやを抱えるなんて、自分の性格は最悪だ、と自己嫌悪になる。

レイはきっと今も魔法使いのステッキを肌身離さず（アラームが鳴るから）、ブリティッシュスーツのコーディネートにぜんぜん合わないハートのネクタイピンをつけているけれど、王子様みたいな格好がわりと似合ってしまっている。

「……僕が見慣れただけかな……いや、違うよな……もとがいいんだ」

電車の中で見かけるというだけの人だったのに、彼は周囲とは違う空気を纏い、洗練されているように史の目に映《うつ》って覚えていたくらいだ。

以前は近寄りがたい雰囲気だったのかもしれないが、今のレイは史が知っているあの調子でにこやかに人づきあいをしているのだろう。

――レイの魔法って……自分本位だと使えないけど、人のためなら使えるんだよね……。

来間に「俺は魔法使いだ」となんの警戒心もなく告白していたので、もしかすると他の人にも話したりしていないだろうか。来間はさいわいにも本気にしていなかったけれど、もし魔法を使えるのが本当だと誰かが知ってしまったら、相手が悪い人だったら、レイはいいように利用されたりしないだろうか。

――悪意じゃなくても、レイに好意を持つ人が彼の心を惹きつけたら……レイは僕以外の人をしあわせにできるんじゃないの……？

どんどん自分にとって都合の悪い想像ばかりしてしまう。

ひとりになってこうして考える内容なんて、碌でもないことばかりだ。

レイを誰にもとられたくない。他の人じゃなくて自分を、しあわせにしてほしい。

「……しあわせって、なんなの……」

大海原に放り出されて、貝殻《かいがら》をひとつ探してこいと言われているような気がするほど途方もない。答えが見つからず、史は再び床に寝転がった。

迷路みたいな思考に陥《おちい》っていたとき、チャイムとともに玄関の鍵が開く音が響いた。レイが帰宅したと分かって、史は飛び起き、一刻も早く出迎えたくて玄関へ向かう。

史と目が合うと、レイはほっとしたように笑った。

「ただいま。今日は池袋《いけぶくろ》の駅であたたかそうな部屋着を買ってきた。だいぶ寒くなってきたからな」

「……おかえり……」

プレゼントの袋を受け取ると、ふわっと軽いはずのそれが重く感じる。

「……史？　どうした？」

レイが心配げに史の顔を覗き込んできた。いつもだったら笑えるのに、寸前までひどい妄想をしてしまったせいでなかなか気持ちが浮上しない。

「レイ……プレゼントは……毎日は必要ないよ」

今日はどうしてもがまんできなくて、ついに言ってしまった。言った傍から、自己嫌悪だ。

「え？　あ……でも」

「こういうのがなくても、お礼だけなら、言葉でだって充分だし」

レイは史の表情を覗き込んで戸惑っている。

「……すまない。欲しいものではなかったか。でもこれは、お礼……ではない、かな。いや、お礼の気持ちももちろん入っているが……」

「欲しいとか欲しくないとかじゃなくて！」

つい強い口調で返してしまい、すぐそのあとに胸が潰《つぶ》れそうなほど苦しくなって顔が歪む。

「史……史、ごめん」

「違う、レイは悪くないんだ。僕が、おかしくて」

「どうした？　史……話して？」

無条件にやさしくされて、泣きたくなる。

「ごめん、レイ、仕事で疲れてんのに。自分で自分が面倒くさい」

「面倒くさくなんかない。それより、史が苦しいのを、俺に隠さないでほしい。俺は史をしあわせにしたいんだ」

しあわせにしたいと言われると、余計に苦しくなる。この奇妙な関係をとっとと終わらせたいと言われているような気持ちになるからだ。

——レイはそんなひどいこと思ってないって信じたいのに。

ぎゅうっと抱きしめられて、史が落ち着くまでレイはそのままでいてくれた。

しばらく経って寝室につれていかれ、ベッドに横たえられたので史は驚いて「違う、こういうんじゃない……！」とレイの胸を押し返した。

「史、誤解しないでくれ。セックスしようってことじゃない。ごまかすためとか、宥《なだ》めすかすために、史を抱かない」

よしよしと頭をなでられ、やさしく抱擁《ほうよう》される。

レイの誠実さをあらためて感じ、気持ちが凪ぐと、やっと心のざわめきが落ち着いた。

「……ごめん、レイ……。僕は、ちょっと、さみしかっただけで」

「俺の帰宅が毎日遅いから？」

「子どもか、ってね。ごめん。ずっと一緒にいたから、調子がなかなか戻んなくて」

「史……笑ってごまかしちゃだめだ。ちゃんとぜんぶ話して？」

やさしく諭《さと》されて、史は苦笑いする。レイは「……ん？」と促《うなが》し、史が心を開くのを待ってくれた。

ややあってひとつ息を吐く。レイのハートのネクタイピンを眺めると、それはおだやかでやさしい薄桃色だ。

「レイ……僕は、物が欲しいわけじゃない。欲しいものは自分で買えるし。誕生日とか、何かのお祝いとかだったらうれしいけど、わけもなくプレゼントされて受け取るのは、なんだか、心を撲《ぶ》たれてるような気分になる」

「心を撲たれる……？」

史がまだレイにも、誰にも話していないことがある。心配させまいとして祖父母にさえ話せなかったことを、レイには分かってほしいから打ち明けたいと思った。

「……小学生の頃に……母親から毎日お金だけ渡されて、『これでなんか食べてなさい』って一日中放置されてた夏休みを思い出すんだ」

「……史が、祖父母の話しかしないのはそのせいか？」

史は無理に笑ってうなずいた。幼い頃に両親は離婚して、父の顔は覚えていない。母は史を育てるために昼も夜も働いて、だから仕方ないと思っていたけれど、本当は少し違っていた。

「母親には若い恋人がいて……。だから僕は、ひとりで電車に乗って、祖父母の店によく遊びに行ってた。今なら、母親の気持ちも分からないでもないんだよ。恨《うら》んではないし……さみしかった分は、祖父母がやさしくしてくれたから。でもなんか……自分がいちばん愛してほしい人……母親に、それほど愛されてなかったって打ち明けるみたいで、今まで誰にも話せなかった。恥ずかしくて、言えなかった」

レイの胸に顔を寄せると、包み込むように抱き寄せられる。

「……そんなつらいことを思い出させていたなんて、すまなかった……心臓を返してもらいたいのは事実だし、史への感謝の気持ちもあるけど、俺はただ史の喜ぶ顔が見たかった……喜ばせたかったんだ。史は、魔女に早く心臓を返してもらいたい俺が、俺のために、史にせっせとプレゼントを渡していると思ってたのか？」

「ご、ごめん、僕はほんとにひどいね。こうしてくれるレイの気持ちが分からなくて」

史のひたいに、レイがなぐさめのやさしいキスをくれる。

「俺こそ、自分が史にしてやりたいことばかり考えて、史がどう思ってるかは考えてなかった。こうして言葉で伝えるだけで、よかったのか？」

史はレイの眸を見つめ、「うん」とうなずいた。

プレゼントはいらない。本当は、レイの心が欲しい。好かれてはいるだろうけど、でも史がレイを想うのと同じように、レイが史に恋愛感情を抱いているのか、心臓を返してもらったあとじゃないと怖くて訊けない。

――だって『好きだからしあわせにしたい』じゃなくて、『心臓を返してもらうためにしあわせにする』っていうのは本当に『愛』なのかなって、僕はきっと疑ってしまうから。

史は伸び上がり、レイのくちびるにくちびるを寄せた。そっと重ねると、レイが史の髪をなでて梳いてくれる。ふれあうだけのキスに、胸が熱く滾った。

「……レイ……、さっき、違うって言っちゃったけど……もう少し、さわってほしい」

拒否したばかりなのに、あっという間に気持ちが逆流する。啄むようなキスの合間に、レイの手が衣服の下にするりと入り込んで、脇腹から腰へ滑り、背骨に沿って這うように上がってくる。それだけでぞくぞくとわななないて、史は息を荒くした。

気付けばどちらからともなく、舌を絡めあっていた。

最初は「もう少し」だったものが、「もっと」になる。

「レ……イ……、レイ……」

とうとうがまんができなくなり、史がレイの指をぎゅうっと握って欲望を伝えると、レイがその手を握り返してくれた。

魔法を使っているのだから、いきなり挿入されても痛くないと分かっているけれど、いつもレイは丁寧な愛撫を施《ほどこ》す。この日も、つながる前に全身をすっかりとろかされた。

「史……史のここも治してやりたい」

レイが史の勃起しないペニスを口に含み、やさしくしゃぶってくれる。勃たないけれど、レイの口内で玩弄《がんろう》されるのは気持ちいいし、性的に昂るからいやじゃない。

「……ど、うして……？」

「史をしあわせにするために、俺は何をしたらいいか、何ができるか、いつも考えてる」

「でも……べつに、それは望んでないって、前にも話したよね」

するとレイはほほえんで、史の柔らかなペニスにくちづけた。

「しあわせにしたいというのもあるけど……俺がそれを見てみたいと思って。ペニスを男性器として使えるようにしてやりたいって意味じゃなくて、史が俺の愛撫に感じて、硬くするのを見てみたい。シーツを汚してしまうくらい射精させたい」

「……っ……あっ……」

レイが史の柔らかなペニスを舐め上げながらそんなことを言うのが、なぜだかひどく興奮する。実際毎回メスイキしているし、レイとセックスするのに史のそこはぜんぜん必要なくて、勃起できたらと考えたこともなかった。でもレイが「行為に反応しているのを視覚的に感じたい」というのも、そう言われると分からなくはないのだ。

「僕も……レイが、僕に挿れたがって、僕に勃起してるの見ると、興奮する……すごく」

レイが身を起こすと、彼のペニスが硬く勃ち上がっているのが見えて、史はどきんと胸を高鳴らせた。

「僕がちゃんと勃起したら、メスイキできなく……なったりしないかな」

「射精と同時にメスイキして、すごいことになりそうな気がする」

そんなことを言われたら、どうなってしまうのか怖いし、どきどきして期待してしまう。

「……そんなすごいのしてみたい」

史は手をのばして、レイを引き寄せた。

魔法の呪文を唱えられて、レイに手で軽くこすり上げられただけで、ペニスにぐっと血が集まってくるかんじがする。鈴口《すずぐち》から溢《あふ》れてくる蜜《みつ》の音も、だんだん大きくなってくる。レイのと比べれば大人と子どもくらいの差がありそうだけど、しっかりと硬く反ってきた。

「は……っ……、んっ……ん……」

「史……硬く勃起してる……気持ちいい?」

「……そこ、熱い……熱いよ」

「舐めてやる」

熱くて敏感な尖端を舐められたら、あまりの気持ちよさに腰が抜けた。

さっきまでのへにょんと垂れたものじゃなくて、欲望で勃ち上がったペニスをレイが咥えて啜る姿を見ると、史も興奮する。

前からレイとつながって、うしろを抽挿されている間も、史は気になって自分のペニスがどうなっているのか何度も覗いた。レイのもので後孔をこすり上げられ、胡桃を刺激されると、見たことがない大きさに膨らんだ性器の先っぽから、とろとろと透明の蜜が糸をひいて滴り落ちる。

「……ぁ……あぁ、すごい……あー……」

「奥を、突くぞ」

レイに手を掴まれ、導かれて、自ら手淫《しゅいん》をするように促《うなが》される。

加勢してくれていたレイの手が離れて、うしろをぐちゃぐちゃにされながら史は自慰《じい》に耽《ふけ》った。史が夢中で右手を動かす間、レイが胡桃をこすり上げ深く抉るような腰遣いで蹂躙《じゅうりん》する。

史は今までに感じたことのない鮮烈な悦楽の中で、あられもない声を上げた。

後孔がきゅうんと切なく収斂し、レイを呑むように蠢《うごめ》いて痙攣しはじめる。硬茎を奥に嵌めたまま揺さぶられ、史は濃厚な快感に身を震わせた。

「はぁっ……あっ、んっ……ちんちっ……きもちぃぃっ……とける」

「気持ちいい？　奥は？」

「お、奥も……す、ごい、よぅ……んん……、あぁ、イくっ……」

目を瞑《つぶ》ってうしろと前の両方からくる快感に没入する。頭の芯が快感で痺れて、レイの声も聞こえないほどの境地に至り、史は白濁をしぶかせながら激しく絶頂した。


はっと目を覚ましたときには朝で、さんざん乱れたベッドの中だった。

レイは史のとなりで、ぐっすり眠っている。

昨晩、レイは夕飯を食べたのだろうか。帰宅したとたんに史がぐずって、ベッドで話をしているうちにこうなってしまった。何度イかされたか分からない。

――快感で脳みそも身体もとけて死ぬかと思った……。

メスイキだけじゃなく、昨晩は勃起不全を治す魔法までかけられて、前もうしろも同時に絶頂したのだ。

史はのろのろと身を起こした。あれだけセックスしまくったのに、身体はすっきりしている。

一方レイは毎日仕事が忙しそうだし、帰宅してすぐ激しい行為をしたため、さすがに疲れていそうだ。

眠っているレイを起こさないように、そーっとベッドを下りる。静かに寝室の扉を閉めて、リビングを見た瞬間、史はぎょっとして息を吞んだ。

「おはよう、愛されたがりちゃん。たっぷり彼に愛されて満足……ではないみたいね？　ほんとによくばりなんだから」

魔女が勝手に家に入り、リビングに座ってお茶を飲んでいる。登場がいつも唐突だ。

「な、なんですか……」

眠っているレイを気にして、史はそっと声を出した。魔女はふふふと笑う。

「今日はあなたに話があって。おかけになって？」

どうして彼女に指図されているのか分からないが、史は怪訝《けげん》に思いながらも向かいに腰を下ろした。

「明け方まで愉悦に耽っても、寝不足を感じさせない愛され肌ね。うらやましい」

まるで見ていたような言い方だ。史が眉《まゆ》をひそめると、魔女はふふんと笑う。

「ハートのタイピンは、のぞき穴みたいなものなの」

のぞき穴。つまり魔女はずっと見ていたということらしい。さすが魔女、悪趣味だ。でもそういう手を使わなかったら使わなかったで、どうせ違う方法で覗くのだろうし、これまでの言動を考えれば、それほど驚くようなものでもない。

「あなたがしあわせだって自覚するのを待っていたら、彼……死んじゃうなぁって思って」

「……死……え？」

「あなたに気に入られようと必死なのに、彼の想いを信用しないから一生届かない。だから彼はこのまま魔法を使い続け、ただただ身を削《けず》って、届かないまま死んでしまうわね」

『死』を匂わす言葉に、思考が停止する。史はしばらく意味を理解できなかった。

「……魔法を使うと、身を削る……？　死ぬ……？」

「あぁ、彼にも言うのを忘れてたのよ、ごめんなさいね。でもボランティアじゃないんだから、タダであんなイイコトできるわけないでしょ」

「……そんな……」

衝撃で息がとまりそうになる。レイの命を消耗していたなんて、考えもしなかった。

「そんな大事なことを、後出しって……」

「彼は自分の想いがたりないから、徳がたりないから、あなたがしあわせを感じられないんだと思ってる。セックスの多幸感で身体が一瞬充たされて、しあわせを得た気になってるけど、あなたは、心で受けとめていない。底の抜けた花瓶《かびん》に水を注ぐようなものね」

「……あなたはレイに目をつけて、レイを魔法使いにしたんですよね？　それじゃあ、まるで僕までターゲットみたいじゃないですか！」

変わりたくても変われないまま生きてきたレイの人生をリスタートさせて、魔女はそれを傍観して楽しんでいたはずだ。

「わたし言ったでしょ。ちょっと惜しくて残念な人が変化していくドラマを見るのが好きなの。でも……恋愛ドラマなら登場人物は当然ふたり必要じゃない？」

レイにかけた魔法が気まぐれな魔女の戯《たわむ》れだとしても、彼女は史が幾重《いくえ》にも閉じている心の箱にも気付いて愉しんでいる。

「彼は変わったわよ。でもあなたはどう？」

史は膝の上のこぶしを見下ろした。

レイの愛情を浴びるほど与えられても、史が受けとめないから彼は魔法使いのままなのだ。どこかでそれは分かっていた。

レイの身元が分かり、新しい世界で人生をリスタートすれば、そのうち自分のもとから去るのではないか。しあわせになることは、彼が去ることとイコールであると。

でも、じゃあ何をどうしたらつなぎとめることができるのか分からない。

史が目線を上げると、もうそこには魔女の姿はなかった。

愛されるために必要なことはなんなのだろうと、子どもの頃からよく考えていた。

にこにこしていること。はきはき答えること。やさしくすること。でも、一生懸命に努力しても、なぜかそれは貰えなかったりする。愛の代わりなんて、どれだって欲しくない。

レイの寝顔を見下ろしているうちに、涙が溢れてきた。疲れていそうに見えたり、痩せて見えたのは気のせいなんかじゃなかった。彼は命を削っていたのだ。そうとも知らずに。

快楽から生まれる多幸感のシナプスで、脳が「しあわせだ」と勘違いする。でもそれは勘違いでしかないから、あと千回メスイキしても、史は本当にはしあわせではないのだ。

——僕……レイを死なせちゃうところだった……。

とにかく今分かっているのは、もうこれ以上レイの命を削ってはならないということだ。彼がちゃんと新しい人生を生きてくれることが、史にとって今分かる『しあわせ』だった。

「レイ……起きれる?」

史が声をかけ、肩をゆする。レイはもぞりとベッドの上で身じろいだ。まぶたを上げ、史と目が合うと、ふわっと笑う。

「……史、おはよう」

「レイ、一緒に朝ごはん食べよう? 豆苗《とうみょう》とベーコンとたまごの炒《いた》め物《もの》」

レイがもぞもぞと身を起こした。今日は仕事が休みだと聞いているので、もうしばらく寝かせてあげてもよかったが。

史が作った朝食を、レイが「おいしい」と食べるのを見つめた。

「豆苗がしゃきしゃきだ。わかめと春雨のスープも、ごまのいい香りがする」

レイはいつも丁寧に褒めてくれるから、作りがいがあるし、もっと喜ばせたくなる。

食べ終わるのを待って、「レイ……」と史は声をかけた。

「レイ……僕もう、メスイキ……しなくていいや」

「え?」

「勃起不全も治してもらったし。これって、僕が愛される自信を持てない大きな原因だったと思うんだ。でももうだいじょうぶだし。これからは、僕は僕で、ちゃんと生きてくよ」

レイは訳が分からない、と言いたげな顔をしている。

「どういうことだ?」

「もう、レイにしあわせにしてもらわなきゃいけないことが、なくなっちゃったっていうか」

「…………」

「もう充分、しあわせだなって思うし。魔女も、レイが新しく始まった人生を楽しんでるって分かってるみたいだから、そろそろ心臓も返してもらえるんじゃないかな」

レイは目を大きく開いて、ゆっくり瞬いた。史に向けたレイの眸が揺れている。

「……魔女と話したのか?」

「うん、レイを起こす前に。だから、もうだいじょうぶだよ。レイの本当の家も分かってるし、仕事も順調みたいだし。ここで生活を続ける意味もないんじゃないかなーって……」

レイは手にしていた茶碗と箸を茫然とした顔で置いた。

「……史は、それで、しあわせなのか?」

まっすぐな目をしたレイの問いかけに、史の喉がひくっと震える。

「しあわせだよ。悩みなくなったし。ありがとう」

史がどうにか笑ってお礼を伝えると、レイは言葉もなく俯いていたものの、ややあって顔を上げた。

「史……今の俺があるのは、史が助けてくれたおかげだ。ありがとう」

レイにじっと見つめられる。何度もまだ何かを言いたげに口を開きかけては、奥歯を噛んで呑み込むようなしぐさをして、ついに最後まで彼がそれを言葉に出すことはなかった。

レイのハートのネクタイピンが、グレーになり、やがて真っ黒になるのを、史はぼんやりした視界で捉《とら》えていた。


東武東上線《とうぶとうじょうせん》、池袋駅。時刻は十九時半過ぎ。

整列していた乗客とともに、史も波に流されるように乗車する。

休日の朝にレイが史の部屋を出て行って、そのまま十日が経った。

毎日同じように陽が昇り、店に出て、夜になって、また朝がくる。とくにいいことも、とくに悪いこともない。もとの、ひとりの生活に戻っただけだ。

朝、店へ向かう電車にレイは乗ってこない。ふしぎと、帰りに見かけることすらない。

それでも史は行きも帰りも、駅のホームで、電車の中で、レイの姿を探してしまう。

——もう、心臓返してもらえたのかな……。

こんなに毎日気になるのは、レイが魔法使いじゃなくなり、ちゃんと普通の人間になれたか目で見て確認できていないからだ。

史は電車のドアに寄りかかり、スマホを操作した。

来間にレイの様子を訊くためにＬＩＮＥを送る。タイミングがよかったのか、返信はすぐにきた。

『記憶喪失で規格外のキャラになって戻ってきたため、物珍しさも相まって人気者です。魔法のステッキを会議の指し棒に使うとかあり得んのですけど。気さくで尖《とが》ってなくて、一緒に働くのが毎日楽しい。それで仕事もデキるリーダーって完璧《かんぺき》すぎません？』

『自称・魔法使いキャラがなぜかウケて、社内だけじゃなく、同じビルに入っている別の会社の女性からも合コンのお誘いが。三十にしてモテ期到来です』

レイが魔法のステッキを指し棒に使っている画像が添付されている。そのレイの姿になんら変わりはない。

来間からの報告が衝撃的すぎて、史は何度も読み返さないと内容が頭に入ってこなかった。

——え……っと、待って、じゃあまだ魔法使いのままってこと？　それとも、ステッキとか魔法使いグッズを返してないだけ？　どっち……？

来間のメッセージを読む限り、彼はレイの言う『魔法使い』というのを相変わらず本気にはしてなさそうだ。

魔法使いのままだったとして、魔女はいまだに『自分の命を削って魔法を使っている』とレイに明かしていないのかもしれない。知らずにばんばん使って、テレポーテーションなど何回もやっていたら恐ろしく寿命が縮みそうだ。

たとえば、その合コン参加者の中にレイの好みの女性がいたら。レイは彼女のために魔法を使うのだろうか。本人も好きな人のために使うのなら納得できるけど、もし騙《だま》されて利用などされたら。

「……冗談じゃない……」

納得するしないもこの際関係ない。レイが誰かのせいで、誰かのために、死ぬとか、命を削るなんて黙って見ていられない。

——だいたいなんでレイはまだ魔法使いのままなんだよ。魔女は何やってんの⁉

『あら、自分のことは棚に上げて、わたしのこと責めるのね』

聞き覚えのある声に驚いて顔を上げると電車のドアの窓に魔女の姿が映っていて、史ははっとうしろを振り返った。でも、そこにはいない。再びドアのほうを向くと、やはり窓には笑みを浮かべた魔女が見える。どうやらそれも周囲の乗客には見えていないようだ。

『愛してほしい人に愛されなかったから、彼にも愛してもらえるわけがないと思ってるの？

悲劇のヒロイン気取りね。強欲すぎて笑っちゃう。あなたを愛した人はたくさんいたのに、おじいちゃん、おばあちゃん、いつもよくしてくれる人たちみんなに「愛なんて感じなかった」と言うつもりかしら』

——それは分かってる。でもレイから貰いたいのはそういう『親愛の情』じゃない。それに、愛してほしいから、愛してるかを相手に確認するなんて、怖くて、浅ましくて、恥ずかしい行為だって思ってた。

『信じられるかどうかは、結果論でしかないのよ。踏み出さないなら、それもまたあなたの人生。わたしにはつまらないエンディングだったというだけよ。しあわせが欲しいなら取りに行かないと、強い愛を持った者に先を越されるわよ』

ぽんと背中を叩かれ、うしろを振り返る。今度こそ史の背後に魔女が立っていた。

「今日はこのまま、彼の住む駅まで行くといいわ。彼がお誘いされている合コンは今週末よ。彼ったら『女性の面目を潰《つぶ》しちゃいけない。顔だけでも出しておこう』って思っちゃったみたいだから、心配よねぇ」

「今週末……」

「これは一刻も早く阻止《そし》しなきゃじゃない？」

魔女に唆《そそのか》されるのを『後押し』と受け取るかは、史次第だ。

結局レイの家へは一度も行っていないので、どこなのか分からない。でも魔女は東武練馬へ行けと言ったのだ。

スマホで連絡しようかとも考えたが、史はレイが暮らす町の駅で降り、とりあえず彼が帰ってくるのを待つことにした。

レイが出て行ってから今日まで一度も、メッセージすら送ったことがない。これから会って話したいことを、中途半端に文章にしてやり取りするのがいやだった。

見失わないように、ホームから改札への通路を見通せる場所に立つ。

魔女が行けと言ったのだからすぐにレイが帰ってくるのかと思いきや、彼が駅のホームに現れたのはおよそ一時間後だった。

「えっ……、史……？」

「さ、寒いー！」

「なんで連絡をよこさないんだ」

「だってこんな遅くなると思ってなかった！」

レイはロングコートの下は相変わらずのブリティッシュスーツにハートのネクタイピン、手にはアタッシュケースと魔法のステッキを持っている。

レイのあたたかいコートの中に招き入れられ、身体を包み込まれた瞬間、最後に会ったときより彼が痩せた気がした。レイのことが心配で胸がきゅっと窄《すぼ》まる。

「……レイ、ちゃんとごはん食べてる？　寝てる？」

「仕事が忙しかったが、身体をこわすほど無理はしていないと思う」

レイ自身が魔法を使う際の副作用に気付いていないだけかもしれない。

「話があって来たんだ。レイの部屋に行きたい」

史がお願いすると、レイはやわらかにほほえんだ。


レイのマンションに着いたのは二十一時を過ぎた頃だった。

「よかった。今日はこれでも少し早く帰れたんだ」

「さすがにど平日の水曜日に合コンはないよね。よかった」

キッチンで飲み物を準備してくれているレイは「え？」と目を瞬かせている。

「とぼけなくていいよ。めちゃめちゃすっごく誘われてるんだってね、合コン」

「す、ごく……というわけでは……あ、来間から聞いたのか？」

「それで行くの？　週末の合コン」

レイがあわわわとなっている。週末の合コンのことは魔女から聞いたけれど、レイの反応からして本当のようだ。

魔女が言うとおり、レイは『顔を出すだけ』のつもりかもしれないが、声をかけた女子はそのチャンスをみすみす逃さないだろう。

「行かないで」

史はキッチンに立ち尽くしているレイのもとへ、つかつかと歩み寄った。

「……史……？」

「僕が、行ってほしくないから。週末は、僕とすごしてほしい。仕事や接待は仕方ないけど、そういう、女性の顔を立てるとか、女性の気を惹《ひ》くために、合コンなんか行かないで」

「……女性の気を惹きたいわけじゃ」

「レイは違ってても、あっちはそう思うかもじゃん。お酒をがぶがぶ飲まされて、訳分かんなくなって、魔法もばんばん使っちゃって、そ、そんなの、僕がいやなんだよ」

レイは飲み物を準備していた手をさすがにとめて、史と向きあった。

「僕はもう、メスイキの魔法なんてかけてもらわなくてもいいんだ」

史の言葉にレイは戸惑った表情で「……自分でできるようになった、とか？」なんて脱力するようなことを訊いてきた。

「ちっがうよっ……あの……違うんだ。レイが僕にメスイキの魔法をかけてくれるたびに、レイの命を削ってるって知って……」

「え？　命？　俺の？」

「ほら、やっぱまだ魔女がレイに言ってなかったんだ。僕は魔女から聞いた。魔法はタダで使えるんじゃないんだよ。レイの命を削ることなんてしたくないから僕は……『もうメスイキしなくていい』って言ったんだ」

レイはようやく理解したようで、息を呑んで、「そうだったのか」とうなずく。

「勃起不全も治ったし、もう俺に用がないって意味かと……」

「そう誤解させるようにわざと言ったから。じゃないと、レイって僕のしあわせのことばっかり考えて行動するし……。レイの命を削ってメスイキするとか、そんなのいやじゃん……」

レイは史の手を取って、リビングのソファへ移動した。

向かいあうようにして横並びでソファに腰掛ける。レイは戸惑いの濃い眸で史を見つめた。

「え……じゃあ、治ったのも関係ない？」

「それも関係ない。レイの命と引き替えなんてだめだと思ったし……でももっとだめだったのは、僕自身だった」

自分の想いをレイに届けたくて、受けとめてほしくて、史は彼の手を取った。そんな史の行動に一瞬驚いた顔をしたものの、レイは黙って見守っている。

「僕は……自分が、いちばん愛されたい人に愛されない、愛されるような人間じゃないって思ってた。愛される自信がなくて、僕がレイを好きになっても、愛してもらえないんじゃないかって……」

「愛される自信に満ちた人ばかりじゃない。おかしなことではないと思う。でも、史はいろんな人に愛されているよ。一緒にいたから分かる。親身になって俺の身元判明に手を尽くしてくれて、実際そんな史を俺は見てたから知ってる。俺でなくても、史はそうしてくれただろう」

純粋に心酔《しんすい》してくれるレイの言葉に、まだ引け目のようなものを感じて、史は苦笑いした。

「来間さんが言ってたよね……強さから生まれるやさしさと、弱さを隠すためのやさしさがあるって。僕は、自分が愛されないって思ってるから、やさしくするんだ。強さから生まれたやさしさじゃない。自信がないから、弱さを隠すために、やさしくしてるんだ」

来間がその話をしたとき、史は自分のことを言われているようでどきりとしたのだ。

レイはゆっくりとまばたきして、少し首を傾《かし》げた。

「俺は、史が、俺に愛してほしいと言っているように聞こえる……」

「……え？」

今度はレイが史の手を包み込むように握り返してくれた。

「人に愛されたくてやさしくすることの、どこがいけないんだ。俺をつなぎとめたくて、俺に愛してほしくてたまらないと、だからやさしくしたいと、そんなふうに懇願《こんがん》されているようにしか聞こえない」

レイが史の手の甲にキスをくれる。

「俺は史の手が好きだよ。この手で、毎朝たまごを割って、おいしい朝食を作ってくれる。客が喜ぶ料理を作り出す、俺からすると魔法みたいな手だ。祖父母の想いがこもった店を受け継いで護ってる手だ。それに史の髪の色も柔らかさも好き。するんとした頬の手ざわりもいい。眉のかたちも綺麗だな。こんなふうに史を生んでくれたご両親と、そのまたご両親のおかげだ。癒やし系の声もいい。喘ぐと少し掠れるのも」

「も、もういいよ、そんな、がんばって褒めなくても」

「違う、がんばってない。史がプレゼントなんかいらないと言っただろう。だから俺の想いを言葉にしてる。ちゃんと受けとめてほしい。俺に愛されてると、知ってほしい」

てれくさいけれど、レイの想いだから受けとめたい。

「史の家を出たあと、考えた。プレゼントしたかったのは、お礼の気持ちと、史を喜ばせたかったのもあるけど……史のところへ帰るのがうれしくて、こんなふうに史にさわれるのがうれしくて、そういう想いを俺は何かのかたちにしたかった……それを受け取ってくれる史を見たかったんだと思う」

「それなのに、いらないとか言って、ごめん……！」

史はレイの胸にぽすんと落ちるように寄りかかった。てれるのと同時に申し訳ない気持ちでいっぱいになる。レイがそんな史の身体を受けとめて、髪にキスをくれた。

「プレゼントにも口説かれるのにも慣れてなくて、てれてる史がかわいいよ」

泣きそうになっている顔を覗かれ、見つめあって、史ははにかんだ。レイもおだやかにほほ笑み返してくれる。

「……レイが好きだよ。ただ傍にいてほしい。ずっと。それが僕のしあわせ」

史が素直に想いを告げると、レイの目がひときわ大きくなった。

「……レイ？」

そのとき、視界に強烈な閃光《せんこう》が走り、史は顔を背《そむ》けてきつく目を瞑る。

ほんの一瞬の出来事だった。史が目を開けると、レイが史の肩にどさりと倒れ込んできた。

「レイ？　レイっ？　どうしたっ？」

気を失っているのかと心配になるくらい、レイは史の肩口にひたいをのせ沈黙している。史は彼の名前を呼び、腕を摑んで揺らした。

「……ん……」

しばらくしてレイが呻いたので、史がもう一度「レイっ？」と呼ぶと、ようやくゆっくり身を起こす。それからレイは長い眠りから目覚めたばかりの人のようにうろうろと眸をうごかし、史を認めるとほっと息をついた。

「……史……」

レイの姿、表情にもとくにこれまでと変わったところはないと安堵《あんど》したとき、ハートのネクタイピンがなくなっていることに気付いた。辺りを見渡すと、魔法のステッキもない。

史はもう一度「レイ？」と呼びかけた。レイも自分の服装を確認している。ブリティッシュスーツとネクタイはそのままだ。レイは何度かまばたき、ふらりと目線を上げて史と目を合わせた。

「……史、たぶんもとに戻った」

「えっ、ほんと……？　もう、だいじょうぶってこと？　記憶は？　心臓は？」

史の矢継ぎ早の質問に、レイのほうは冷静にうなずいてにこりとする。

「……失った記憶は戻らないという話だったし、史とのことを覚えているからいい。過去の記憶がなくても仕事でもとくに困っていない。ほら、心臓もちゃんと動いてる」

それでも居ても立ってもいられない史は、レイの胸に手を当てた。心音を確かめてほっとはにかんだら、レイがやさしく見つめてくる。

「えっと……よく知ってるけど、はじめまして、新しい加賀谷瑛士《えいじ》さん」

史のあいさつにレイが「ふふっ」と破顔した。

「あらためまして。東上線の電車内で、よくお見かけするきみのことが気になって、『いい子だなぁ』ってずっと、こっそり目で追ってました。はじめまして、永瀬《ながせ》史さん。史が、あの日、俺に気がついてくれてよかった。ありがとう。大好きだ」

どちらからともなく手をのばし、熱く抱擁しあう。互いのぬくもりと、身体のあたたかさに包まれて、ほっとしたあと、胸がふつふつと沸騰《ふっとう》してくる。

史はレイの頬にくちびるを寄せて、鼻先を滑らせ、キスを誘った。レイの漆黒色《しっこくしょく》の眸に見つめられながら、くちびるを寄せあう。その薄い皮膚《ひふ》がこすれるだけで、ぞくんと背筋が震えた。もう何回したか分からないけれど、はじめてのキスみたいにどきどきする。ふれあうだけではたりなくなって、口を開いて誘い込み、舌を絡めあった。よく知っているはずなのに、くちづけひとつでひどく興奮する。

「レイ……レイ……今すぐしよう」

レイはうなずく間もなくジャケットを脱ぎ、史がレイのネクタイをゆるめ、ワイシャツのボタンを外す。

「ネクタイ、絞まんないかな……」

「脱げないと困る。今日は、史の肌と、肌を合わせたい」

「ネクタイが取れなかったの、あれ、ネクタイピンから魔女が覗きたかったからなんだよ絶対。魔女は覗き趣味なんだ」

「じゃあ、史が見てた『メスイキえちえち動画』も真っ青の出来だっただろうな」

ふたりで笑いあいながらネクタイを引き抜いて、シャツを脱がせた。

「脱げた……」

これまでちゃんとレイの裸を見たことがなかったけれど、うすく筋の入った、ひきしまった美しい身体をしている。

「わりかし鍛《きた》えてたっぽいね。むきむきじゃないけど、かっこいい」

「だるだるの腹が出てこなくてよかった。史が気に入ってくれたならいい」

「ちゃんと見たことはなかったけど、抱きしめられたときにレイが少し痩せた気がしたよ」

「さっきは仕事が忙しかったとだけ話したが、本当は史のごはんが食べられなくて、ひとりの夜がさみしくて、いつもより食欲がなかったし寝不足だったかな」

史が着ていた上着やカットソーを、レイに脱がされ、肌と肌をくっつけた。さらりとしているのに、ぴったりくっつくかんじがして、とても気持ちいい。

「ごはん、あとで作ってあげるから……今は」

俺も同じ気持ちだというように、レイが「史、おいで」と手をしっかりつないでくれる。

「レイが欲しい……僕の中に欲しい」

メスイキしたいとか、そういう目的じゃなくて、レイと交じりあいたい。


魔法をかけられているから、メスイキできたのだと思っていたが。

痛いかもと身構えて、レイを身の内に受け入れたのに、挿入された瞬間からイってしまいそうなほど昂った。あやうさの中で呼吸を整えて、見つめあい、くちづけながらゆるゆると互いの粘膜をこすりつける。

レイの寝室のベッドで、ふたりは腰を揺らめかせあった。

「あ……あぁ、レイ、気持ちいい、よ……？　なんで……」

「慣れたのかも……たくさん、したから」

「あ、あ、んっ」

徐々にスピードが上がり、強さが増し、レイとこすれあう粘膜がぐちゃぐちゃと音を響かせる。魔法にかけられたメスイキえっちの経験しかないけれど、今のこの行為はそのとき以上に気持ちいい気がする。

史はレイの背中にしっかりと腕をまわして抱きしめた。抱擁しあったまま、深いところに嵌めて揺さぶられるのがたまらなくよくて、頭の天辺からつま先まで快楽に酩酊《めいてい》する。

「レイ……は？　僕の身体、気持ちいい？」

「史と想いあってるって感じながらするから、前よりもっと、とけあってる気がする」

レイとふれる肌が粟立《あわだ》って、同時に安心もする。

「……っ、んふっ……レイのっ……素肌も、気持ちいい」

「俺も、史と重なってるところぜんぶ、気持ちいいよ」

「……っ、レイっ、あっ」

腰を抱えられ、レイを根元まで押し挿れられて、思うままに突き込まれる。

「ひっ……」

強烈な快感が背筋をとかし、ぶるぶると震えるほど感じた。

身体をひっくり返され、後背位でもつながる。

「あ、あ、あぁっ……」

レイが史のペニスをこすり上げながら器用に腰を送ってきて、史はベッドの上で悶《もだ》えた。

「史のも硬く勃ってるな……イきそうか？　シーツを汚してもかまわないから」

「はぁっ、はぁっ……や、だ、もう、イく……！　レイ、レイっ……」

奥壁をレイの硬い尖端でくすぐられながらたっぷりと射精すると、最後は腰が砕《くだ》けて、膝がへにゃんと崩れた。

史がベッドにうつぶせのところに、レイが抽挿を続ける。きゅうっと狭《せば》まった隘路《あいろ》をレイの逞しい屹立でひたすら抜き挿しされるのも、射精したばかりの敏感なペニスがシーツにぬるぬるとこすれるのも泣きそうなほど気持ちいい。背後のレイが息を荒くしているのも興奮する。

「史、少しおしり上げて。もっと奥に入らせて」

誘われるまま史が腰を浮かすと、そこに枕を宛がわれた。角度を決めて、最奥をぐうっと抉られる。

「――っ……！」

メスイキの魔法もなしに、何度も味わったことのある絶頂感がすぐそこまで来ているのが本能で分かる。

「レイ……こ、れ、僕、奥でイく」

「奥に出すから、史もイって」

「ん……っ……っ……！」

ふたりはいっこのかたまりになる気がするほど強烈に甘い快感を味わいながら、同時に極まった。


いつものスマホのアラーム音が遠くから聞こえる。

これは夢だ。夢に違いない――そう思い込もうとする怠惰な自分と、「仕事じゃない？　起きなきゃだめじゃない？」という理性的な自分がせめぎあう。

――あれっ……ここどこ？

史ははっと目を開けた。慌てて背後を見ると、眠るレイがいる。アラームもずっと鳴り続けている。

「……レイの部屋だ……さむっ……」

昨晩、レイと裸で抱きあったまま寝てしまったらしい。

休日だと思いたいが、今日は木曜日だ。「ど平日の水曜日に合コンはないよね」なんていやみを言ったのはどの口だろうか。

「……ど平日に激しいセックスこそどうなんだって話だよね……スマホどこだ……」

バッグをどこに置いたのかも分からない。だけど、レイが背中にべったりくっついていて離れない。もう十二月だというのに、マッパで寝ればそりゃ寒いに決まっている。

「レイ～、起きよ？　普通に今日は会社だよね。出勤だよ。ごはん作るから」

お寝坊さんはたたき起こしてはならない。やさしく声をかけるのがスムーズに起床させるためのコツだ。

レイは「うん……」ともぞもぞしながら、史にますます抱きついてくる。

「レイ～、ほんとだめ、まじで、ちんちん揉むなって」

「勃起してるか確かめてる」

「レイの魔法で治してもらいましたので。だからっ、揉むな」

スマホは鳴りっぱなし。埒《らち》が明かないので、史はレイの小鼻をむぎゅっとつまみ『息苦しいの刑』に処して起こした。


レイと一緒に東武東上線の電車に乗り込む。同じ電車に乗るのはちょっとだけひさしぶりだ。

「レイ、僕のこと避けてただろー」

「会ったら、そのまま無断欠勤しかねないと思った。さすがにそれはアウトだからな」

池袋まで二十分ほど。レイと史は窓際に立った。

「今週の土曜は、仕事？　終わったら、うちでごはん食べない？」

「あー……えと、分かった」

「合コン阻止《そし》成功！」

レイが噴き出している。

「合コンなんか行かないよ。史がいるのに」

「でも、うちには来てほしいな」

「それは行くよ。史がいるから」

電車に揺られるふりをして、身を寄せあう。なんてしあわせなんだろう。

ふと気付くと目の前のドアの窓に、黒髪で黒いロングドレスのデラックスな体型のあの人が映っていてどきっとする。

「あ……びっくりした……本物の芸能人のほうだった。広告の写真だった」

「え？　あぁ、あの魔女にそっくりな。でもきっと本当に、そこら辺にいるんだろう」

がたごと揺れる列車の中に。人が行き交うコンコースに。

魔女は今日もどこかの誰かのドラマを求めて、おいしくて暇《ひま》つぶしになるターゲットを探しているのかもしれない。

愛したがりさんと元魔法使いの新しい生活
aishitagarisan to motomahoutsukai no atarashiiseikatsu

『魔法使い』なんて現実の世界にいるわけない——永瀬史《ながせふみ》もかつてはそう思っていた。

土曜日の二十時。ときわ台《だい》駅近くのスーパーの店内で、この時間になると仕事帰りとおぼしき人が慌ただしく買い物する姿をよく見かける。誰かが帰りを待ってるのかもなぁ、と想像しながら史はレジで支払いをすませ、店を出たところでうしろから声をかけられた。

「史！」

振り向いた先にいたのは史の恋人で、『レイ』こと加賀谷瑛士《かがやえいじ》だ。柔らかな笑みを浮かべた美男は、史が両手に持ったマイバッグの片方に、「ひとつ持とう」とさっと手を差し出してくれた。

「ありがと。そっちはうちの店の残り物で、半熟煮卵と、三つ葉と豚肉の玉子焼き」

「煮卵はあしたの朝食でもいいな」

「じゃ、そうしよう」

ひょろっとした体型の史とは違い、レイは十センチ以上身長が高くて、胸部にやや厚みがある逞《たくま》しい身体つきだ。こんなふうにふいに横に並んだときの彼の存在感に、史はいまだにどきっとさせられる。

――膝下丈《たけ》のロングコートが似合う。動く美術品ってかんじ……かっこいいなぁ。水泳選手みたいな逆三角形体型で、学生時代に運動部とか何かのスポーツをしてたのかも。

出会ったとき、レイは記憶喪失《そうしつ》の魔法使いだった。レイを魔法使いにした魔女の所為《せい》で、彼の記憶は今後もおそらく戻らない。

「スーパーを出たタイミングでレイと会うなんて、まさかまた魔法使いになったとかじゃないよね」

史が笑顔で問うと、レイも軽く「ハハ」と笑った。

今日はレイが史の自宅に来る約束だったので、帰宅時間に彼が合わせてくれたのだ。土曜日なので、平日よりも早く退勤できたのだろう。

「魔法使いのレイとはじめて話した日、ときわ台駅からうちまで徒歩で十分くらいかかるこの道をたった二秒でついて腰抜かしたの、思い出す」

「瞬間移動は便利だった。体力の消耗《しょうもう》が半端なかったが」

たんなる体力消耗ではなく、実際は魔法を使うたびに命を削《けず》っていたわけで、最終的にどれくらいレイの寿命が縮まったのかは定かじゃない。人の寿命は予測できないし可視化されないのだから、いつの日か命が尽きるときに「それほど失ってもいなかったのかな」とほっとすることを願っている。

「レイもあした休みだよね。帰ったら夕飯をさっと食べて、お風呂入ったあとでゆっくり飲まない？　僕が夕飯を作る間に、レイは先にお風呂をすませておいて」

史のたまご料理専門店『たまむすび』も明日は休店日だ。だからいつもより夜更かしできる。

笑顔で「そうしよう」とうなずくレイに、史もほほえみ返した。


簡単に夕飯をすませ史が入浴をすませてリビングに戻ると、レイが電話の相手に「すまない」と苦笑いして謝っていた。

「来間《くるま》、申し訳ないが二次会も参加しない。皆さんには週明けにお菓子持参で謝るから」

電話の相手はどうやら彼の部下の来間のようだ。

レイは宥《なだ》めるようにそう言って、「じゃあ、切るよ」とおだやかな声で締めくくった。

「……来間さん？　もしかして、今日の合コンの……？」

史の問いにレイはうなずいて、スマホをテーブルに伏せて置く。

一度は合コンに参加すると返事をしていたのに女性たちのお目当てであったはずのレイがいないため、「俺が責められてる」と来間が電話をしてきたらしい。

「二次会からでもいいから来ないかと、来間に誘われた」

「……来間さん……困ってた？」

「いや、そういうかんじではないよ。責められてるといっても、空気を悪くするようなものではない。参加者は同じビルで働く顔見知りだから、合コンというより飲み会というかんじだったし」

そうだろうか。『社内社外から合コンに誘われてモテ期到来』なんて来間から聞いているし、あと二十日もすればクリスマス、そして年末年始、さらにはバレンタインと、大切な人と過ごしたいと思うようなイベントが続く時季を迎えるのだ。みんな大人だから本当に腹を立てたりはしないだろうが、中には本心から残念がっている女性もいたのではないだろうか。

――レイのことを疑ったりはしないけど。

レイの気持ちが欲しくて、独占したくて、あのときはつい勢いで「合コンなんか行かないで」と言ってしまったが、こうして冷静になると少々心が痛い。

レイとはお互いの気持ちを確かめあったのだし、たかがつきあいで行く合コンをキャンセルさせるなんて、ちょっと大人げなかったかなとも思う。

「……うん」

しゅんとした気分で目線が下がってしまった史の顔を、レイが軽く身を屈《かが》めてのぞき込んできた。

「史は気にしなくていい」

そのまま抱き寄せられ、心地よい強さで彼の腕に包まれる。逞しいレイの胸と、部屋着のやわらかな布越しに感じる体温が心地いい。

「今後は、もし誘われても『決まった相手がいるから』とお断りする。実をいうと、今日の合コンに誘われた瞬間にも史の顔が頭に浮かんだ。それなのに『行く』と返事をしてしまった俺が、そもそも相手に対して失礼だったんだ」

まじめなレイの反省の弁に、史は笑みを浮かべつつ彼の背中に腕を回した。

「ごめんね。僕は心が狭《せま》くて、独占欲が強くて、やきもちやきだ」

「それは心が狭いことになるのかな？　合コン行ってらっしゃいと笑顔で送り出されるほうが、俺としては複雑な気持ちになるぞ」

「そっか。じゃあ、レイのこと思いっきり独り占めしちゃおう」

ぎゅうぎゅうと抱きしめると、レイも「してくれ」と笑っている。

「史と恋人になったばかりなんだ。それなのに仕事で二日間も会えなくて……今日はもう誰にも邪魔させない」

レイが史の髪にキスをくれたあと「まだ濡れてる。ちゃんと乾かさないと風邪をひくぞ？」とまるで過保護なパパみたいに慌てて洗面台からドライヤーを持ってきた。

温風、冷風を駆使しながら、レイが「つやつやだ」と満足そうに史の髪にドライヤーをかけてくれる。

「うちも二次会しよう。開けてないクラフトジンがあるんだ」

「少し前に来間とジン専門のスタンドバーで飲んで、ジンに興味が湧いた」

「じゃあ飲もう飲もう」

あしたは休みだし、羽目を外してもいい。

クラフトジンにレモンやライム、ミントで少しだけ香りづけし、ふたりともロックで調子よく飲んだ。

「柑橘類《かんきつるい》やハーブをジンにプラスするだけで、いろいろと楽しめるな」

梅干し、大葉、生姜《しょうが》や柚子《ゆず》といった和風のものも、ジンには合うらしい。

一杯ごとに味を変えて飲んでいるレイはお酒に強いようで、すでに四杯目なのに顔色も口調も態度も普段どおりだ。対して、もともとお酒に弱い史は、ロックグラスに三杯も飲めば目がとろんとしてしまった。

おつまみに用意していたドライフルーツを、レイの口に「はい」と入れてやると、彼はおだやかにほほえんで史の髪を指で梳《す》くようになでてくれる。史は猫にでもなった気分でうっとりとした。

いい男の横顔は、ずっと見ていても飽《あ》きない。

――魔法使いのブリティッシュスーツ姿もかっこよかったけど、レイ自身の素材がいいから普段着でも部屋着姿でもハイブランドのモデルみたいで目の保養すぎる。

レイが持参したヘンリーネックのカットソーも薄手のスウェットパンツも、一歩間違えばお父さんの肌着感が増すアイテムだ。レイが着ると『丁寧なくらしを紹介する』系雑誌のワンシーンみたいに上品に整えられて見える。

最高品質イケメン独り占め、なんて悦に入《い》ったものの、ずっとこんなふうに独占していていいのだろうか、とふと考えた。

「そういえばレイは〜、昔の記憶がないけどさぁ……友だちとか家族とか、連絡は取った？」

「いや……仕事に復帰したばかりで、ばたばたしていたし。自分に友だちがいたのかすら覚えてなくて、記憶がないのに会っても相手を驚かせるだけじゃないかと思うと、ためらってしまうな」

たしかに、こちらから絡んでいって「記憶がないんだ」と報告すれば相手は戸惑うだろう。友だちといっても年賀状の挨拶《あいさつ》のみ続いている間柄《あいだがら》、結婚式に呼ぶくらいのつきあい、ＬＩＮＥの『友だち』タブに名前が出ているだけという人だっているはずだ。

「過去の思い出が欲しいわけじゃない。記憶がないのはもうどうしようもないのだから、俺はこれから先の人生や、係わる人たちを大切にしたいと思う」

一匹狼みたいなところがあった、と来間がレイのことを評していた。今のレイは、そんな過去の自分と反対の生き方を望んでいる。だからもう思い出せない過去より、新しく築いた人間関係を大切にしたいとレイが考えるのは、当然かもしれない。

本当に互いを必要とする間柄なら、何かをきっかけに新しいレイと再び関係を築くだろうし、史としてはレイの考えを尊重したいと思う。

「でも……家族のことは、どうする?」

「そうだな……、スマホに親類らしき人のアドレスデータはあったが。身元が判明して、うちのマンションでスマホを見つけてからも、なんとなく後回しにしていた」

レイが過去の記憶をなくし身元が判明したあと確認したスマホには、アドレスデータだけ残っていたものの、内容を窺《うかが》えるようなメール文やLINEの履歴《りれき》などはすべて消えていた。

加賀谷瑛士が家族とどういうやり取りをしていたのか、どんな関係だったのかも想像すらできないままだ。

「連絡が入ったりは?」

「記憶をなくしてからは、まったく。そんなに頻繁《ひんぱん》に連絡を取りあうような関係ではなかったのかもしれない」

家族といっても、その関係性は様々だ。史が高校を卒業するのを待って再婚した母とはLINEで連絡を取る程度で、最後に会ったのだって一年以上前になる。

——僕に気を遣《つか》ってすぐに再婚しなかったんだろうなってことは分かるから、もう新しい家庭でしあわせになってほしいし……。

互いに遠慮《えんりょ》して、適度な距離を保っている状態だ。

「……記憶をなくしたなんて、そもそもうれしい報告じゃないし、ためらうよね」

「驚かせたり悲しませたりするんじゃないかと思うと、気が引けるな。家族といっても、俺からすると会ったことのない人たちだ。正直言うと、今すぐ会いたいという気持ちが湧かない」

家族も友だちも、レイからすると一様に『知らない人』だから、そうなるのも無理はない。

「レイがそういうふうに考えてるなら……うん。今の生活に慣れれば気持ちが変わるかもだし、僕ができることがあれば協力するから、話してね」

「ありがとう。俺の身元が判明したのも、史の協力のおかげだったな」

「びっくりだったよね。小さなキーホルダーからレイの勤め先に行き着いたんだから」

あれはSNS上の見ず知らずの人たちからの情報があったおかげだが、つくづくネットの拡散力と瞬発力はすごいものがあると驚嘆《きょうたん》した。

「史の鉄道ミステリー並みの推理力にも俺は驚かされた。最終的に自宅最寄り駅が東武練馬《とうぶねりま》だと推測して当てたじゃないか」

レイが大げさに褒めるのは、魔法使いだった頃のままだ。

「もー、からかって。推理なんて……あんなの誰でも思いつくよ」

史がテーブルに頬を寄せてくちびるを尖《とが》らせると、そこをレイが指でむにゅっとつまんで、目尻《めじり》を下げながら顔を覗き込んでくる。

「このくちびるがかわいい。柔らかで、食べたくなる」

「じゃあ、食べて」

レイにならら、食べられてしまってもいい。頭からつま先までぜんぶ。

史がまぶたを閉じるのと同時に、レイにくちづけられた。

身を起こし、手をのばして、レイからのキスを受けとめる。くちびるをやさしくしゃぶられ、史は舌先を閃《ひらめ》かせてレイを深くへと誘った。

舌を絡めあうと、目眩がするほど濃厚な快感が背筋を伝って下半身へ下りていく。

「……ぁ……ん……」

重ねる角度を変えながら、互いの粘膜を舐《な》めあう。ジンのスパイシーな香りが鼻を抜け、いっそう酔いが回りそうだ。

時間にも予定にも縛《しば》られず、ただ想いを交わすことだけに夢中になっていいなんて、とても贅沢《ぜいたく》でしあわせだ。

ふたりはゆるゆると舌を絡ませ、くちびるを愛撫《あいぶ》しあった。

「……レイ……ベッド行こ」

「うん……」

いつも少し硬い口調で話すレイがそんなふうにうなずくと、きゅうんとくるほどかわいく感じてしまう。

ふたりは手をとりあって、リビングから寝室へ移動した。

ベッドに横たわり、抱きしめあいながら、再びだらだらとくちづけを交わす。

史がレイのシャツのボタンを外し、あらわになった彼の逞しい胸にくちびるを寄せた。

「レイ……いいにおいがする」

「史の家のボディーソープだけど？」

「……うん……でも、レイの香りと混ざって……少し違う、甘いにおい。好意を抱《いだ》く相手だから、本能的にも欲して、好ましく感じるのかも」

お返しとばかりに首筋のあたりをくんくんと嗅《か》がれ、史はそのくすぐったさに笑った。

「やっ……レイー、それくすぐったい～」

「くすぐったいなら、そのうちに気持ちよくなる」

レイのその言葉の魔法が効いたのか、史は途端に首をすくませた。

「……んっ……」

首筋を嬲《なぶ》られながら、ゆるく甘勃《あまだ》ちしているペニスをスウェットの上から揉《も》まれる。快楽を享受《きょうじゅ》するスイッチが完全に入って、レイのわずかな息遣いにも史は身を震わせた。

肩先に、胸に、脇腹や臍《へそ》の窪《くぼ》みにもレイがキスをくれて、まだ柔らかいペニスの先をしゃぶられる。レイの口内にすっぽりと含まれたまま舌で捏《こ》ねられて、くすぐったさも伴《ともな》う甘い痺《しび》れが下肢《かし》に広がった。

「あ……ぁ……」

ところがペニスを口淫《こういん》されながらジェルを纏《まと》った指を挿入《そうにゅう》され、中をほぐされる頃になって異変に気付いた。史のペニスが甘勃ちのままそれ以上硬くならないのだ。

「……レイ……、僕……」

史は自分のペニスに手をのばした。

また勃起《ぼっき》不全に戻ってしまったのだろうか。病院で治療したわけではないし、もしかすると魔法がとけてしまったのかもしれない。

「少し硬くなったが、完全には勃起しないな。きっとジンの飲み過ぎだ」

レイは史のペニスにくちづけて、ふふっと笑っている。

アルコールの飲み過ぎが原因なのか否か分からないけれど、史自身、この事態にそれほど焦《あせ》りを感じない。なぜなら、魔法で勃起不全を治してもらったのは男性器としての機能を取り戻すためではなく、史が中で性感を得て絶頂するのを、レイが視覚的な部分で明確に感じたかったからだ。史としてもうしろと前の両方で快楽を得られる……とはいえ。

「……僕がいちばん気持ちいいの、そこじゃないから」

史とは違い、力が漲《みなぎ》って硬く勃起しているレイのペニスを握る。

「レイの……これで……こすって、突いてくれるところが、好き」

想像するだけで脳がじんと痺れるようなかんじがして、史は息を震わせた。

「……史」

「挿《い》れて」

同じ性だけど、つながれる。相手の愛情を感じながら、そこで深い快感を得ることができる。

だから神様が最初からこの行為を禁じるつもりだったとは思えない。

「レイ……ぁ……」

レイのペニスが後孔《こうこう》に半分ほど沈《しず》み、ぬるるっと引き抜かれる。再び先端が潜《もぐ》り込《こ》んで、内《うち》襞《ひだ》を掻《か》き分《わ》けながら進んだところを戻っていく。呑み込もうとする襞に逆らって動く雁首《かりくび》のあたるところ、掻き混ぜるように粘膜同士がこすれるかんじが、気持ちよくてたまらない。

「はぁっ、はぁっ、っ……レ、イっ……」

「……ん……俺も……、いい……」

具体的に言葉にしなくても、つながっているレイには伝わるらしい。

「ふ、う……、っん……きょ、う……なんか、すごいんだけど……」

緩慢《かんまん》な動きで引き出された快感は煮詰められたように濃密で、熱に浮かされたみたいに眸《ひとみ》が潤《うる》んで視界がぼやけてくる。

ほんの少しスピードが上がり、互いがいっそう強くこすれあう。快感が増幅《ぞうふく》し、ぞくぞくっと背筋に強烈な快感が走って、史は奥歯を食いしばった。

今度は膨《ふく》らんだ胡桃《くるみ》をレイの硬茎でぐりぐりと捏ねられながら、ゆるやかに、深く、腰を送られている。

「レイ……それっ……あ……あぁ……好きぃ……」

「酔ってる史は……かわいいな。声も、表情も、とろとろだ……」

たしかに今日はなんだか身体がふわふわしていて、熱くて、とけてしまいそうだ。

「ん……レイ……もっと……深くして」

アルコールの飲み過ぎを言い訳に、ちょっと大胆な気持ちになり、史のほうから腰を揺らしてレイのペニスを誘う。

レイがごくっと唾《つば》を嚥下《えんげ》し、静かにひとつ息をはいた。

体重をかけて、レイが徐々に腰を落としてくる。濡れそぼっていやらしいかたちと色のそれが沈んでいき、ふちをぴたりと塞《ふさ》ぐところまで挿入された。

「あぁ……あ……レイの、すご……い」

「いきなりこんなに深くして……苦しくないのか？」

隙間なく詰め込まれて苦しいのでさえ、いっそ気持ちいいのだ。

「……怖いくらい、僕の中にレイを感じるのが、いい」

接合しているところに手をのばして確かめると、レイのペニスはふちいっぱいに硬く張り詰めているのに、史のものはあいかわらず先端を蜜《みつ》で濡らしているだけだ。史は思わず笑った。

「僕のはぜんぜん勃起しないけど……。レイのが……この奥まで入ってるのが、分かる」

自分の下腹に手をあてて、外側からと内側の両方から少し力を籠《こ》めてみる。

「……はぁっ……、あぁ、レイのが、あたるとこ……気持ちいい……」

史は目を閉じ、後孔を締めたりゆるめたりしてレイのかたちを味わっていると、レイが小さく呻《うめ》いた。

「史、煽《あお》りすぎだっ……」

「……っ！」

甘いお仕置きで、浅いところから最奥《さいおう》まで、大きなスイングでこすり上げられる。それを何度も繰り返されるうちに息がとまりそうなくらいの濃い快感が湧いて、史はレイに強くしがみついたまま腰をびくびくと跳ねさせた。

「――っ、はあっ、はぁっ、……！」

嬌声《きょうせい》が混じった荒い呼吸音が開けっぱなしの口から飛び出してしまう。それをレイがキスで塞いで、閉塞感《へいそくかん》の中でいっそう揺すり上げられ、史は一瞬気が遠のきかけた。

「ふ、史っ……中……すごいっ……！」

快感に痺れ、内襞が微細《びさい》に震えている。貪欲《どんよく》に硬茎《こうけい》を呑み込もうと蠕動《ぜんどう》するから、レイが急停止してうめき声を上げた。いきなりとめられて、史も悲鳴を呑み込む。

「……ど……しよう……レイ、レイぃ……気持ちよすぎるよぅ……やめないで……」

痙攣《けいれん》している内壁を掻き回されて、目も開けられないほど気持ちいいのに、もっと深い快楽を知っている身体はその先を求めてしまう。

史は自ら腰を浮かせ、尻を揺らして、猥《みだ》らに誘ってしまった。

「レイ、レイっ……いちばん奥のとこ……して」

「ふ、みっ……」

「ぐちゅぐちゅ、って……鳴るまで」

レイの耳元で息を弾《はず》ませながら訴《うった》える。

すると身を起こしたレイが、史の両脚を手で押し広げ最奥に押し込んできた。

「う……あっ……あ……」

どうしてだか、いつも以上に中がひどく気持ちいい。

「史のは……やっぱり勃ってないが」

ピストンの衝撃《しょうげき》に、ゆら、ゆら、と力なく揺れているだけ。

「勃たない分、中で感じてる、のかな……僕、このまま、イっちゃいそうっ……」

「メスイキする？」

「……あぁー、あぁ……」

涙で潤み、声が掠《かす》れて、腰ががくがくと跳ねる。狭隘《きょうあい》な後孔を力強く抜き差しされて、身体の奥からついにペニスにしゃぶりつくような粘着音が響き始めた。

レイも荒い息遣いで史に深く覆《おお》い被《かぶ》さり、夢中で腰を突き込んでくる。

「史の奥が……俺の先っぽに、吸いついて、きて……、たまらないっ……」

最奥に嵌《は》められたまま抉《えぐ》られ、まぶたの裏に閃光《せんこう》が走った。その最中も、レイがそこを執拗《しつよう》に責めてくる。

「あぁ、そればっかりしたら、イっちゃう……！」

耳元に「何度でもイける」と呪文のように囁かれ、史はついに身体を硬直させて絶頂した。

内壁が寄せ返す波のようにレイの硬茎を食《は》んで、まるでそれを味わっているみたいだ。

レイが言うとおり、史は身を震わせて何度も極まった。

徐々に快感の波が引いていく。やがて史の身体はふわりと脱力した。

ふと目を開けると、レイが細く息をはき、史を見下ろしてくる。

「レイ……」

レイの硬いペニスは、史の後孔に深く打ち込まれたままだ。

身体に広がる快感の余韻《よいん》の中でうっとりとした気分に漂《ただよ》う間、レイがいとしいものをかわいがるようにキスをしてくれる。それがあんまりしあわせで、史はとろんとした目でレイを見上げた。

レイが「ん……」とうめき声を上げる。

「……史……もう動いてもいい……？」

「……レイも、僕でイって」

史が落ち着くのを待ってくれていたレイのほうへ手を伸ばすと、彼に腕を摑まれ、膝の上に引き上げられた。

向きあって見つめる。間近でレイがやさしくはにかむのが、猛烈にきゅんときた。

胸がレイへの想いでいっぱいになり、彼の首筋に腕を巻きつけて肩口に頬を寄せる。甘えたい気分がとまらない。もう充分にしあわせすぎるのに、もっとかわいがってほしい。

「レイ……レイ……好き」

「……俺も……史が好きだ」

耳殻《じかく》をしゃぶられ、首筋を嬲られると、後孔が再びきゅうんと窄《すぼ》まった。受け入れている内壁のぜんぶでレイの硬さとかたちを感じる。ひどく興奮して、史は喉の奥で呻いた。

尻臀《しりたぶ》を軽く持ち上げられて、下からゆるやかに突き上げられる。

「あっ、あぁっ……あっ……」

史は子どものようにレイにしがみついた。やさしく掻き混ぜる動きで抽挿《ちゅうそう》され、それがだんだん激しくなってくる。両手で尻を摑まれているため、史には逃げ場がない。ピストンの衝撃を、接合部分でもろに受けとめてしまう。

片脚を抱《かか》え上《あ》げられ、またあたる角度が少し変わって、新しい快感が湧いてくる。浅いところから奥壁までひたすらこすり上げられ、レイの好きにされているかんじにたまらなくときめいた。

中でジェルと淫蜜《いんみつ》が混ざりあい、空気を含んで泡立つような、じゅぶじゅぶという音が響いている。

「……っ、……レ、レイっ……それ、よすぎるっ……あぁ、あ、やっ、また、イくぅ……」

「俺も……イきそうだ……」

気持ちいいということ以外、何も考えられない。

最後の律動で内壁がきつく摩擦《まさつ》され、その強烈な快感に頭の芯まで痺れていく。呼吸を忘れて声も出せないくらい、史は忘我の境に入った。

「……っ、……！」

「ん、あっ、ふみっ……」

史の最奥で、レイの先端から熱いものがしぶくのを感じる。

彼の白濁《はくだく》をすべて受けとめる間も、史はずっと極まりっぱなしだ。踏ん張った脚がぶるぶると震える。

そしてレイに抱きとめられたまま、史は彼に覆い被さる格好で倒れ込んだ。

「……はぁ……はぁ……」

「……史……最後ずっとイってた？」

まだなんだか頭が朦朧《もうろう》としている。史は声を出せずに、レイの胸で小さくうなずいた。

レイの心臓の音が速い。史はそこで目を瞑《つぶ》り、自身の荒い呼吸が治まるのを待った。

とろんとした気分でレイの胸の音を聞いていたら、レイが指で髪を梳《す》いてくれる。

「史……落ち着いた？」

「うん……。すごく、気持ちよかった……。でもまた、なんか……キそうだから……」

あんまり動いちゃだめだよ、とまるでフリみたいな言い方になったけれど、実際、このままでは身体のほてりがいつまでも収まらずに眠れなくなりそうだ。

「最後まで射精しなかったな」

「うん……勃たなかったから、中がよすぎて……イきっぱなしだったのかな」

レイが身を起こし、史のペニスを覗いて指先で弄ぶ。史はくすぐったくて笑ってしまい、その微細な揺れに後孔を刺激されて奥歯を噛んだ。レイが入ったままだから、そこから甘い疼《うず》きが広がってしまう。

「ん……やだ、レイ、抜いて、僕だけ終わんない」

「……このまま……史の中にいたくて」

そんな睦言とともにレイは史の頭とひたいにキスをする。史が困ってうめきながら顔を上げると、まぶたにも鼻先にもキスをくれた。レイが本当にちっとも放してくれそうにない。だから史はますます甘えたい気持ちでいっぱいになってしまう。

「レイー、またしたくなっちゃうから……だめだってば」

「史がかわいくて、離れたくないんだ。挿れたまま待って……もう一度しよう？」

うなじ、背中から臀部《でんぶ》までゆるやかになでられ、身体の中に残った緩火《ぬるび》を消さないように大切に扱《あつか》われる。

「……うん……僕も、レイとずっとつながっていたい」

現実的には無理だと分かっていても、その気持ちは偽《いつわ》りじゃない。

「ほんとは毎日……史と会いたい。ふれたい。こうしたいんだ」

こんなふうに毎日かわいがられるなんて、しあわせでしかないと思う。

「僕もレイと一緒にいたいな。レイがよければ……また前みたいにうちで暮らさない？」

「史がいいなら、ここに、俺も住みたい」

レイの返事を聞いたあとで、断られるかもとか渋られるかもなんて想像すらしていなかった自分に気付いて、史は笑った。

愛される自信がなく、相手の想いを確かめることさえ怖がっていたのは、もう過去のことだ。

「ほんと？　じゃ、そうしようよ」

「うん」

うれしそうにうなずくレイに、ますます愛情が深まる。

ただの愛されたがりじゃなくて、この人を大切にしたいなという想いで胸がいっぱいだ。両手に抱えきれないほど、うまく言葉で表現できないくらいに、愛が溢《あふ》れる。

「あー、好きだなぁ。好き」

「俺も好きだ」

身体から飛び出した想いは結局そんな単純な告白にしかならなかったけれど、レイも同じ言葉で返してくれた。

抱きあったまま右に左にごろんごろんと転がって、ふたりでとくに意味もなく、ただ楽しくてしあわせで笑いあって、何度もくちづけた。

同棲《どうせい》を決めてすぐにマンション退居の申し出を行い、暮れも押し詰まる年末最後の日曜日にレイが史《ふみ》の家に引っ越してきた。今年も残すところあと三日で終わりだ。

同棲の準備にかけた時間は三週間ほど。住所も移し、レイがもともと使っていた家電などはすべて売ったり社内の人に譲《ゆず》ったりなどして処分したため、その辺の処理や手続きに手間取っただけで、引っ越し作業自体はスムーズだった。

引っ越ししてすぐの月曜日には会社に転居届けを提出して、これまでいろいろとフォローしてくれていた来間《くるま》には「ときわ台へ引っ越した。今は恋人と住んでいる」と打ち明けたらしい。それが今日、火曜日のこと。

「相手が史だとは伝えていないが、もし必要なときが来たら話すよ」

「うん。僕もそれでいいと思うよ」

レイが言わないのは、「恥じている」とか「隠したい」からじゃない。ふたりの関係をつまびらかにする必要性もないのに、わざわざ他人に宣言することではないと史も思う。「恋人と住んでいる」と伝えてくれただけで充分だ。きっと周囲も今後は合コンのお誘いを遠慮してくれるだろう。

このごろ、合コンや飲みの誘いが減ったのか、仕事がたまたま順調なのか確認していないから分からないものの、二十時ごろには史と一緒に過ごしている日もある。今日はレイの仕事納め日で早めに帰宅したので、柚子が香る、大根おろしたっぷりのみぞれ鍋《なべ》にした。

ごま油で焼いた餅《もち》、しゃぶしゃぶ用の豚肉、水菜、白菜、きのこ類もたっぷり入れて、ネギ塩ダレや七味を薬味にすると、最後まで味に飽《あ》きない。

「来間の前でもプライベートの話題は史のことしか出さないのに、いきなり『恋人がいる』なんて話したから驚いてたけど、……それでなんとなく察したかもしれない」

「来間さんに……今でも僕の話をしてるの？」

史はシメの雑炊《ぞうすい》を食べる手をとめ、目を瞬《しばた》かせて驚いた。レイが記憶喪失《そうしつ》のまま仕事復帰した当初は、史も来間とＬＩＮＥのやりとりをしていたし、彼らの話題に上がること自体は不自然ではないのだが。

「たまご料理の専門店をやっているから、たまご料理がうまいのはもちろんだが、史が作ってくれるごはんはどれもおいしいとか……あ、先日作ってくれたプリンのことも話した」

「……そ、そう……」

レイが「……だめだったか？」と心配そうに問うので、史は「ううん」とほほえんだ。

「店の場所もおしえておいた。そのうち来間が買いにくるかもしれないな」

それはもう「彼とつきあってます」、なんなら「同棲してます」と言っているようなものではないだろうか。史としても「ふたりの関係は隠さなきゃいけない」と固執したいわけではないので、あとは来間が戸惑ったり対応に困っていなければいいと思う。

レイはうれしそうににっこりして、おかわりした雑炊を食べている。『ニュー加賀谷《かがや》』になる前のかつての加賀谷瑛士《えいじ》は、同僚にプライベートの話など和気藹々《わきあいあい》とするなんてことはなかったのかもしれないが、しあわせが飽和して、うっかりのろけてしまうのだろう。

——本人はのろけのつもりもなさそう。

相手が来間ならそれを聞かされている間、呆《あき》れつつも笑ってくれているような気がするが。

「史、もう少し飲むか?」

レモンのリキュールと炭酸水を両手に掲《かか》げたレイに問われ、史は「じゃあ、あと少しだけ」と答えた。

「……レイ……なんか、やたらお酒を勧めるようになった」

「えっ、いや、そんなつもりは」

クラフトジンを飲み過ぎて酔っ払ってからというもの、翌日が休みの週末はほぼふたりで飲んでいる。平日も夕飯のメニューによっては、控《ひか》えめにだが飲む日が増えた。飲めばいいちゃいちゃも増し増しコースだ。

「そんなつもりは、あるかも」

急にレイが白状し始めたので、史はグラスを持ったまま動きをとめた。

「……飲み過ぎて酔ったときの史が、あんまりかわいくて」

「あー……酔うとやたらえっちになるからね」

自ら申告すると、レイは肩を竦《すく》ませて笑っている。

「抑制《よくせい》してたものが解放されるっていうか、爆発するのかも。レイに魔法で治してもらったけど、以前は勃起不全だったたし、この歳までえっちの経験なかったからよけいに」

同棲を決めた頃に一度、魔法がとけて勃起不全に戻ったのかと思ったのだが、あの日はやはりジンの飲み過ぎが原因で勃たなかっただけのようだった。以降も、飲み過ぎると同様に勃たなくなるが、翌日には普通に戻っている。

「史は……お酒を飲むと、やっと自由になれる？」

レイはこちらを少し窺うような表情だ。

飲酒をすると気分がよくなり気持ちが大きくなる——誰しもそういう部分はある。

「自由にっていうか……そんなに深刻な話じゃなくて。レイに遠慮してるつもりもないんだけど、自分の欲求をアピールするのがもともとヘタだし、つい我慢しちゃう、そういう長年の癖《くせ》がしみついてるっていうところは、あるのかな」

「……で、お酒でバーン……と」

「うん。バーンと。箍《たが》が外れて。それに、人並みの恥じらいの意識が薄れるのもある。それでいつもより大胆に、なっちゃうかんじかな」

へへへっ、と史はてれ笑いした。

「でも、そうなると、すごく気持ちいいんだ。レイが僕を受けとめてくれるって分かってるから、安心してる。だからたぶんよけいにバーンって行っちゃうんだろうけど。あ、えっちの話だけじゃなくて、僕の心が気持ちよくて……って意味ね」

言いたいことが伝わったようで、レイも安心したようにうなずいてほほえんでくれた。

最初に「メスイキしたい」なんてあり得ない無茶振りをしてしまったおかげで、レイとの距離がいっきに縮まった部分は大きいと思う。

それがあって、史にとって唯一、自分をさらけ出せる相手になった。誰にも話せなかった悩みを打ち明け、祖父母にすら明かせなかった過去も、レイには吐露《とろ》できた。

幾重《いくえ》にも蓋《ふた》をするうちに、自分が寂しがっていることにすら気付いてなかったけれど。

「自信を持てないくせに愛されたがりだった僕を、レイは心ごと受けとめてくれたから。もう僕は、レイとじゃないと、残りの人生、生きていけない。息をして、働くことはできても、しあわせになれない気がする……とかいうと重いよね⁉」

急にレイの反応が気になって慌てる史を見て、彼は鷹揚《おうよう》に笑っている。

「俺の愛も同じくらい重いから、天秤《てんびん》はちょうどのところで釣りあってるよ」

両手で天秤を表現するレイのやさしい返しに、史の胸はますます彼への愛情でいっぱいになった。

「僕のがちょっと重いかも」

その左手のほうをぐっと指で圧《お》すと、レイにぎゅっと握り返される。

「こうするから、だいじょうぶ」

重くされても受けとめる——それを示されて胸をときめかせていたら、そのままレイの腕に引き寄せられた。

「史はまだ分かってないのかな。俺にはちっとも重くないよ」

よしよし、ぽんぽん、と髪や肩をなでられて、史はほっとした心地でレイの背中に両腕を巻きつける。レイの首元でまぶたを閉じて、その甘い懐抱《かいほう》に耽溺《たんでき》した。

「……もう、どうしよう。レイのことがすっごい好きなんだけど」

「俺も史が好きだ」

「……レイ……」

互いを抱擁《ほうよう》しながら、うっとりとくちづけを交わす。ほとんどくっついたままの状態でレイと話すのも好きだ。

「今日はそんなに飲みすぎてないだろ？」

「……あ……うん」

「勃たずにメスイキしすぎてとろとろの史もかわいいけど、俺の口の中で、史が硬くなっていくのも好きだ」

舌を絡ませあう合間に、レイが史のスウェットパンツの中に手を差し込んできた。そこをゆるゆると揉まれて、キスの息継ぎが乱れる。

「……勃ちそうだ」

「……うん。……レイ……舐めて」

自らウエストに指をかけて、ゆるく勃ち上がったものをあらわにして見せた。

頬、首筋、胸、そして臍《へそ》へと、レイのくちびるが移動していく。

史はまぶたを閉じて、レイがくれる愛撫の軌道《きどう》を感覚だけで追った。

「ん……ぁ……」

座っている史の股間《こかん》に、レイが顔を埋めるのを、薄く目を開けて見下ろす。

先端の丸みに沿って舐められ、史は広げた内腿《うちもも》を震わせた。ペニスが充血し、鈴口から蜜があふれ出すのが分かる。雁首だけを口に含み、舌で弄《もてあそ》ばれ、史は尻をもじもじとさせた。

「レ、レイ……お願い。ぜんぶ……」

「ぜんぶ?」

その楽しげな声色から、煽られているのが分かる。

「レイ、そ、そういういじわる、言う?」

いつも惜しみなくしてくれるのに。レイはくすぐるようなじれったいふれ方で竿《さお》を舐め、「なんだか、そういう気分だ」と喉の奥で笑って、色っぽい目つきでこちらを見てくる。

やさしいレイも好きだけど、こんな彼も新鮮で、史はときめいてしまった。

「もう何度もこうしているのに、それでも、俺のことが欲しいと史に言わせたい。どれだけ史のことを好きか、俺ができるすべてでおしえたい」

口淫を中断され、身を起こしたレイにくちづけられる。舌を吸われて、くちびるをなぶられ、史はますます身体の芯が燃え上がるのを感じた。

「レイ……お願い、しゃぶるのやめないで」

「……イくまでしてほしい？」

「ぜんぶ舐めて、飲んでほしい……」

レイが史の奥に射精するように、彼に自分の精液を呑み込んでほしいのだ。


史の店『たまむすび』は大晦日《おおみそか》もいれてあと二日間の営業が残っているが、レイがちょうど冬季休暇に入るため、接客を手伝ってくれることになった。

明日の大晦日は十四時までの営業、今日もいつもより少し早めに店を閉めるので、「うちも年末年始の買い物に行かなきゃね」と話している。

「あら、レイくんじゃない？　久しぶりねぇ」

近所の惣菜店《そうざいてん》『にかわ』の奥さんが通りがかりに、店先の掃除をやっていたレイに気付いたらしい。賑《にぎ》やかな話し声が聞こえて、史も外に顔を出した。

「にかわさん、おはようございます。今日と明日、接客の手伝いをお願いしたんです」

「あら～、いいわね～。うちなんかもう見飽きたオジサンしかいないんだから」

アハハと笑う『にかわ』の奥さんは、レイを見上げて何かに気付いた様子で、ぽんと手を打った。

「レイくん、なんだか前と雰囲気がちがうと思ったら、今日はスーツじゃないのね。そういえばステッキもないし」

にかわの奥さんに最後に会ったのは、まだレイが魔法使いだった頃だ。

ＴＰＯを無視したブリティッシュスーツに、着脱不可能なネクタイにはハートのタイピン、魔法少女が振りかざすようなファンシーなステッキを常時携帯するという、センスが行方《ゆくえ》不明な格好をしていたのだが。

「あぁ……はい、そうですね。今日はバンドシャツにパンツで……ごく普通のというか。あのときは店の宣伝を兼ねて目立つ格好をしてたので」

急な服装の変化についてのレイの説明に、にかわの奥さんは「そうだったの！　お店もますます繁盛《はんじょう》して大成功ね」と納得してくれたようだ。

「今年もあと二日で終わり。がんばりましょうね！」と去り際に手を振って、レイも史のとなりでにこやかにそれに応えている。

「にかわさんのからあげが食べたいな」

久しぶりに会ったので、レイの食べたいスイッチが入ったのかもしれない。

「じゃあ今日お持ち帰りできるように、取り置きしてもらおっか」

惣菜を夕飯のおかずにすることを決め、惣菜店『にかわ』に予約の電話を入れておく。

そのあともふたりで『たまむすび』の開店準備をして、オープン直前にほっとひと息ついたとき、レイがスマホをじっと見ているのに気がついた。

「レイ……？」

声をかけると、レイが戸惑った顔をこちらに向ける。

「LINEが来てる。……これ、たぶん母……？」

疑問形なのは、レイが家族に関する記憶もすべて失っているからだ。

トーク画面を見せてもらうと、相手からのメッセージは『年末年始はどうするの？　帰ってくるの？』とだけ書いてある。

会社の総務部に出してもらった個人情報、その『緊急連絡先』に記されていたのがおそらくレイの都内の実家の住所で、男性の名前だった。それがたぶん彼の父親だ。

年末年始は、とくに理由がなければ一度くらい顔を出すだろう。でもこうして『帰ってくるの？』と訊《き》いてくるあたり、加賀谷瑛士はそうしない年もあったのかもしれない。

「いや、分からないな。きょうだいがいるなら、姉や妹かもしれない」

「名前とその短い文だけじゃ、性別くらいしか推測できないね」

アイコンは青空の画像で、絵文字もなく、相手のキャラや雰囲気が読み取れない文章だ。

「どうしよう。『誰ですか？』なんて……この人を驚かせるような質問しか頭に浮かばない」

「……既読がつくから、メッセージを読んだことは伝わるだろうけど……」

史はそう返しながら、頭の中にはひとつの考えが浮かぶ。

――一度実家へ帰って、現状を伝えたほうがいいんじゃないかな……。

口に出そうか迷いながら、スマホの画面をじっと見つめるだけのレイの様子を窺う。

同棲を決めてから、引っ越しや、自分たちの新しい生活をスタートさせる準備にかかりきりだったため、レイのかつての交遊関係はもちろん家族のことを話題にすることはほとんどなかった。

記憶のないレイにとっては、家族といっても見知らぬ人たちだ。「今すぐ会いたいという気持ちが湧かない」と以前も話していた。

年末のこの慌ただしい時季に報告するには、だいぶへビーな内容になってしまう。

――一緒に暮らし始めたばっかりだし、レイの気持ちっていうか、決意を待ったほうがいいのかな。家族のことに、他人の僕が先走って口出しすることじゃないよね。

記憶喪失だという話をすればレイの家族は心配するだろうが、今ふたりで一緒に暮らしてると報告をしたほうが安心するかもしれない。

――いや……安心するかは分からないよね。レイの家族からすると、僕は見知らぬ他人だ。レイの家族がどういう人なのかも分からないのに、その辺りまで考えて決断するとなると、史も気後《きおく》れする。史だって自分の母親に、男性の恋人がいるとか同棲の報告をしようなんて思っていないのだ。

「あ、史、お客様が外に」

年末だからか、開店前から数名のお客さんが並んでいる。

先に気付いたレイに促《うなが》され、史は「とにかく開店しなきゃね」と対応に当たった。『むかしだし巻き玉子』や、ワンホールの『キッシュ』は普段より予約も多く、午後の受け取り分をこれから準備しないといけない状態だ。。

レイの家族のことについてそれ以上考える余裕もなく、その日は一日が終わってしまった。

店は一日中忙しく、レイが手伝ってくれてよかった、とほっとして帰宅した。あしたは大晦日で予約数も今日より多いので、家を少し早めに出るつもりだ。

夕飯は店の残り物と惣菜店『にかわ』で予約しておいたからあげを食べた。

久しぶりの接客業で疲れたはずのレイに先に入浴してもらっている間、史はごろりとラグに寝転んだ。さすがの史も疲労感があり、待つ時間に少しだけ、とまぶたを閉じる。

——そういえば……レイは……実家のことどうするつもりなんだろう……。

今日、レイのスマホに届いたメッセージのことをふと思い出した。

——訊けば結論を出すために話しあわなきゃいけなくなるなぁ……。

つけっぱなしのテレビからふいに『わきまえる』『わきまえない』と熱い議論を交わしている人たちの声が聞こえてきて、史は目を開けた。

『わきまえるって行動をさも美しい心得のように使うから違和感を覚えますね。消極的に忖度《そんたく》するから、声が大きい人や高圧的な人に呑まれるの。物わかりがいいふりをしてわきまえるせいで、自分たちの可能性や権利を狭めてるんですよ』

自分の中にあるこの想いもレイに対する『消極的な忖度』なのだろうか——と史はテレビ画面を眺めつつ考えた。

彼らの話の内容とは異なるけれど、自分もつきあいはじめたばかりの同性の恋人だから『わきまえなきゃ』と思っているせいで、レイに自分の気持ちを言えないわけだ。

——……どうしよう。レイはどう思ってるんだろう……。恋人ですとは言わなくても、友だちとして、彼と一緒に暮らすことにしました……って押しとおして、とりあえずレイがここにいることだけは伝えたほうがいい？

再び目を瞑《つぶ》って寝返りを打ち、そんな言い訳が通用する年齢でもないよな……と思い直す。

レイは三十歳、史は二十六歳だ。四つ年下の友だちの家に転がり込むってどうなの、と奇妙に思われそうな気がする。

――でも、レイは家族と「今すぐ会いたいという気持ちが湧かない」って言ってた。レイが積極的になれずにいるのに、僕からまたこの話題を振るのは立ち入りすぎ……？

恋人として家族にも紹介するとか、紹介してほしいとか、そういう話になったことがない、タイミングを逃《のが》してしまったようだ。

――なんとなくうやむやのまま同棲して……大切な部分をすっ飛ばしたかなぁ。自分の家族と疎遠《そえん》だから、レイのことに気が回らなかった……。

今さらそこに気付いても、もう時間は戻らない。こうなってくると、やぶ蛇にならないように静かに息を潜《ひそ》めているほうが賢明なのでは、と思い始める。

「うだうだうだうだ、もだもだもだもだ……あなた、ほんとにあいかわらずね」

いきなり部屋の中で女の声がして、史は驚いてばっと身を起こした。

ローテーブルの向かいに、デラックスな魔女が座り、肘《ひじ》をついている。

「この辺りを通りかかったら、屋台のイカ焼きみたいに、あなたのもだもだの匂いがぷんぷんしてるんだもの。おいしすぎて太っちゃう」

「デ……デラックスな魔女……！」

史の呼び方に「は？　デラックス？」と怪訝《けげん》そうにするこの人は、『でも、だって』をエサにしている魔女だ。つまり、このところ史が垂れ流しているもやもやを、魔女は嗅ぎ取ってやってきたらしい。

「誰かに『だいじょうぶよぉ～』って背中を押してもらわないと自信が持てないの？　愛されたがりちゃん」

痛いところをちくちくとつつきながら、楽しげに、魔女は史を煽ってくる。

「も、もう、レイのことは終わったんじゃなかったんですかっ？」

魔女はレイに取《と》り憑《つ》くようにして支配していたのだ。レイと史はふたりで魔女の課題をクリアして呪いをとき、彼女はもう自分たちの前には現れないと思っていた。

史は「なんでまたここに出るんだよ」を口に出さずに呑み込んだ。

「あら……招かざる客扱いなんて失礼だわ。最高にくだらなくて、しょうもないことを、あなたがいつまでももだもだしてるから来てあげたのに」

その親切ぶった口ぶりに、史は内心で「頼んでないし」と思うが、心を勝手に読む魔女はにやにやと笑っている。

「だって、ここ最近じゃ、あなたたちふたりがいちばんおもしろくて、おいしくて、かわいかったんだもの……」

いったいどこがそんなに魔女のお気に召したのか分からない。

しかめっ面の史に、魔女は「ふふふ」とごきげんそうだ。

「今度はあなたの記憶をすべて奪って、生まれ変わらせてあげましょうか」

魔女がとんでもない提案をぶち上げてきたので、史は「ええっ?」と悲鳴を上げ、テーブルの上でこぶしを握った。

「冗談じゃない!　レイのことまで忘れたらっ……!」

「あら……運命の赤い糸で結ばれたふたりなら、何度でも出会うし、お互いに気がつく。もう一度、恋に落ちればいいだけの話じゃない?」

「……そんなの、ぜんぶ仮定の話でしょ……」

記憶喪失になったレイが電車の中で史の視線に気付いて、ときわ台《だい》駅で降りたから、ふたりはつながったのだ。

もしもあのとき史より先に来間に見つけられ、彼に助けられていたら、レイと史はいまだにすれ違っているかもしれない。記憶喪失のレイと史の出会いが必然だったとしても、史が『魔法使い』を信じないとか、レイが魔法の使いすぎで命を消耗《しょうもう》してしまうとか、もっと最悪なストーリーのルートもあっただろうし、エンドのパターンはいくつもあったはずだ。

魔女は無言のままの史の考えを読んで、不敵に笑う。

魔女からすると、自分が楽しめればいいだけで、今ここにいるのだってたまたま近くを通りかかっただけ、ただの気まぐれ、暇《ひま》つぶしだ。

「彼の内情に踏み込むようなマネは無粋《ぶすい》に思えて、きらわれたくないから遠慮して言わない?他の誰かが代わりに言ってくれるのを待つ?　そうね、あなた以外の誰かが、彼にすばらしい金言を与えてくれるかもしれないわね」

史は何も言い返せず、奥歯を噛んだ。

「あなたは、正しいと思う自分の考えを彼に伝えればいいんじゃないの？　真心から彼を想っての言葉なら届くだろうし、それでどうするかは、彼が決めることよ」

魔女はこちらに身を乗り出して「愛されたがりちゃんは『自分がきらわれそうなこと』を極端にさけがち」と、史のひたいを指先でちょんと突いた。

「相手のせいにできるくらいの強い力で誘われるのを待っているだけの臆病者《おくびょうもの》——あいかわらず、それでいいのかしら」

魔女に出会った当初、史の心を見抜いて射られた挑発の弁を繰り返される。

腹は立つけれど、今回もまた反駁《はんばく》できないほどに史の気持ちを言い当てられた。

「ここからはエキシビションといきましょうか。わたしをもう少し楽しませてくれたら、ごほうびをあげるわよ」

「……ごほうび？」

「記憶を奪ったりはしてないから心配しないで。あなたを魔法使いにもしてないし。命を削ったりもしない」

「……してない……？」

楽しそうにしている魔女は、史に対して、すでに『他の何かをした』ような口ぶりだ。

史は今し方、彼女にふれられたひたいに、おそるおそる手をやった。

そこを探り、少し力を込めて圧すと、指先にしこりのようなものを感じる。

「えっ……何、これっ」

「だいじょうぶよ。外側からは見えない」

「ちょ、ちょっと！　勝手に何したんですかっ」

「わたしにしか分からない、ハートのしるしをつけただけよ。あら、かわいいわよ？」

史は慌てふためいて、傍《そば》の抽斗《ひきだし》から手鏡を出して覗き込む。魔女が言うとおり、とくにおかしなところは見当たらない。しかし、そこを指でぐっと圧すと、ハート形の何かがあるのが分かる。

魔女は「軽くさわってもキスされても気付かれないからだいじょうぶ」と含み笑いを浮かべる。ようするに、このことをレイにわざわざ言わなければ彼にも気付かれない、ひとりでミッションをクリアしなさい、ということらしい。

「ただの愛されたがりちゃんが恋をして、ようやく彼の愛を受けとめた。王子さまと結婚したお姫さまはしあわせに暮らしてる？　運命的に出会って結ばれたふたりは今でも愛しあってるのかしら？　童話の続き、ドラマのその後って、なければないでそのうち忘れるけど、少し気になるものじゃない？」

「……な、なんで僕があなたの暇つぶしにつきあわなきゃいけないんですかっ？　気まぐれがすぎる！」

「うふふ。ごほうびを楽しみにしてて」

まったく気にするそぶりもなく、魔女はすうっと史の前から消えた。

「もう……！」

史とレイのドラマを魔女はよほど気に入ったらしいが、迷惑な話だ。

「物事にはタイミングとか、流れとかあるだろ〜。レイのことだって、今すぐに急がなきゃって、差《さ》し迫《せま》ってることじゃないし……」

しかし、本当にそうだろうか。

レイは三十歳の立派な大人とはいえ、両親からすれば大切な息子だ。それが記憶喪失になったと知ればショックを受けるだろうし、心配もするだろう。

「……そんな息子の傍にいるのが同性ってところも受け入れがたいことかもしれない……」

でもせめて得体の知れないあやしい人間じゃないと分かってもらうために、やっぱり一度挨拶しておいたほうがいいのではないだろうか。

レイが平穏でも、家族に何か不測の事態が起こった場合はどうだ。そんなタイミングで息子が記憶喪失だと知らされるなんて、逆の立場なら「連絡する手段があったなら、もっと早く知らせてよ」と思う。さらに追い打ちをかけるように「男と同棲している」と事後報告するのは最悪ではないか。

テーブルに突っ伏して考え込み、うなっていたら、風呂から出てきたレイに「史?」と声をかけられた。

「どうした? 眠いのか?」

レイのおだやかでやさしい声色に誘われ、史は心の中で「だいじょうぶ」と唱《とな》える。

史は身を起こし、彼を見上げた。

「レイ。あしたは大晦日だけど……だいじなことだから、ちゃんとしよう」

「だいじなこと?」

レイの手を引いて、ここに座って、と隣をさす。レイは目を瞬かせながらも、史と向きあうかたちで腰を下ろした。

「レイのご家族に会って、ちゃんと話しておいたほうがいいんじゃないかな。記憶喪失のことも……僕たちのことも」

レイは驚いた目をして、沈黙している。

「どういうお父さんとお母さんなのか、覚えてないから分からないし、不安だよね。記憶喪失なんて知ったら『帰ってこい』って言われるかもだし、僕のことだって『何者だ?』って思われるかも。家族の信頼を得るのに時間がかかっても、それはもうしょうがない」

ふたりの関係を誰にも話したことがない。はじめて打ち明けるのが彼の家族だと思うと、想像するだけで心臓が小さく縮みそうだ。

「レイのお父さんとお母さん、どんな人だろうね……」

加賀谷瑛士のキャラクターから、昔気質《むかしかたぎ》で、曲がったことがだいきらいで、怖そうな人物像を勝手に思い描いてしまう。あのそっけないＬＩＮＥの文面から想像すると、明るく朗らかなイメージも湧かない。

恋人の両親に会いに行くなんて、史はこれまで一度も考えたことがなくて、そんな場面を想像してみると人生の一大事な気がしてきた。

「どういう人なのか分からないが……会いに行くなら、俺ひとりでも……」

「ううん。だめだよ。なんの相談もナシに以前のマンションを引き払って、ここで僕と、同棲してんだよ？　そ、そうだ……もしも家族からマンションのほうに宅配便が送られたら、そこに住んでないってすぐにバレるんだから、黙っていいとは思えない」

故意に隠したかったわけじゃないのに、そんなかたちで家族に伝えることになったら信頼が薄れるだけだ。

「理解してもらうのに時間がかかっても、ちゃんとしたほうがいいと思う」

魔女に焚《た》きつけられてようやく決心できたようなものだけど、やっぱりこれはふたりにとって必要なことなのだと、レイを説得しながら、史は納得できた。

大晦日の十四時に店を閉めて、ふたりでレイの実家へ向かう。実家の住所は、会社に届け出されていた『緊急連絡先』から把握《はあく》したものだ。

既読をつけただけのＬＩＮＥに、昨晩のうちに「大晦日に少しだけ顔を出します」「男性の友人も一緒です」と返信すると『了解』のスタンプが返ってきた。結局、連絡をくれた相手が母親なのか、または姉や妹なのかも分からないままだ。

レイの『男性の友人』が同行する理由を詳《くわ》しく伝えるべきか迷ったが、中途半端にＬＩＮＥで会話が膨《ふく》らむのを避けたくて、ひとまず『恋人』という詳細《しょうさい》を伏せている。年末で忙しかったのかもしれないが、幸いにも「友人？　なんで？　どなた？」など突っ込みがこなかったから、ほっとした。

池袋から電車を乗り継いで三十分ほどで、世田谷《せたがや》の桜新町《さくらしんまち》へ。

『恋人の家族に挨拶に行く』という若干《じゃっかん》『プロポーズ』の様相もあるシチュエーションに、史《ふみ》も緊張している。レイはいつもスーツだが、史は普段スーツを着ないので、きれいめのジャケットとパンツ姿だ。

「ここが俺の実家か……」

地図アプリの案内どおりにアパートや小さな公園などもある住宅街を進み、二階建ての一軒家の前に到着した。

レイが史に目を遣《や》り「よし、行くぞ」と声をかけたとき、玄関ドアがばーんっと開いて、子どもが三人「わあああああっ！」というけたたましい叫び声とともに飛び出してきた。

史とレイは子どもたちのその勢いにたじろぎ、棒立ちになる。

三人はレイに気付くと「あっ、瑛士《えいじ》だ！」「瑛士！」「えーじくん！」とそれぞれに指をさした。先頭が小学校低学年くらいの男の子、続いて顔がよく似た女の子、最後が未就学児とおぼしき女の子だ。

レイの兄弟ではないだろうと予想するなら、彼らは親戚《しんせき》の子どもだろうか。

「両親……あ、俺のお父さんかお母さんは、今家の中にいるかな？」

いちばん小さな女の子が「あたしのパパとママ？」と訊いてくるのを、いちばん年上らしき男の子が「まい、ちげーよ」ととめて「中にいるよ！」と答えてくれる。

「ありがとう。遊びに行くんだよね？　どうぞ」

外へ走り出す寸前だった三人にレイがそう声をかけると、それまで無言でじっとレイを見ていた女の子が「なんかちがーう」と首をかしげた。

「瑛士、なんかしゃべり方が変。いつも『だよね』『どうぞ』なんて言わないのにー」

「……そうだっけ？」

すると「瑛士は『そうだっけ?』とか言わなーい。分かった、偽者《にせもの》だ!」と叫び、三人から「にっせーもの!」「にっせーもの!」とシュプレヒコールが始まってしまった。

「あ……えーっと……どうしよう」

レイは子どもに合わせてやわらかな口調で話しかけたのだろうが、加賀谷《かがや》瑛士はそういうタイプではなかったらしい。

すると子どもたちの騒がしい『偽者コール』のおかげか、家の中から「あんたたち、うるさいよ。どうしたの」と女性が飛んで来た。五十代くらいだろうか。

「なんだ、もう。瑛士じゃないの。えっ、スーツで来たの? 仕事帰り? もう~、コロロの散歩に行ってもらおうと思ってたのに……あ、そっか、お友だちがご一緒だってLINEもらってたわね」

出迎えてくれた女性はレイの後方に立つ史にも気付いて、「いらっしゃい」と軽い口調で声をかけてくれた。女性の言葉から、レイとLINEのやり取りをしたのはこの女性で間違いなさそうだ。

レイと顔があまり似ていないように見えるが、見た目の年齢的にはレイの母親かもしれない。

「年末のお忙しいときに、とつぜんお邪魔してすみません」

史がぺこりと頭を下げると「いえいえ、どうぞ上がってください。人が多くて騒々しいけど」と手招かれる。

TAMAMUSEI

LINEの文面から受けた印象とは随分《ずいぶん》ちがって、声も表情も明るく、しゃべり方もだいぶテンポが早い。

「お……お母さん」

レイが呼ぶと、女性は眉をひそめている。ちがったのだろうか、とレイと史は固まった。

「何よ、どうしたの。『お母さん』なんて呼ぶの……何年ぶりよ」

「……そ、そう、だっけ……」

レイのその返しにも女性は少し不審そうな顔をして「何、もう。お友だちがいるから？　いつも『ねぇ』とか『ちょっと』ってしか呼ばないのに」とぶつぶつぼやいているものの、その横顔は少してれくさそうだ。

「あ、ごめんなさいね。靴《くつ》だらけ。これじゃあ靴も脱げない」

玄関の三和土《たたき》に、何人分なのか数え切れないほど靴が散乱し、これは年末に親戚一同が集まる一家なのかもと想像する。まるで運動部の合宿所のようだ。

「ほらー、えっちゃん、りゅうた。瑛士のお友だちもご一緒なんだから、玄関の靴、ちょっときれいに並べてくれなーい？」

女性が家の奥に向かって声をかけると「ほら、行ってきな」「えー」「わたしちゃんと並べたのにー」という会話が史の耳にも届いた。

「……これはいったい……何家族分なのだろうか」

驚いた顔でつぶやいたレイに、母親は「え？」と目を丸くする。

「何言ってんの。例年どおり、うちプラス二家族よ」

ざっと見たかんじ、三和土に三十足ほどあるし、タワーみたいな靴箱にもおびただしい数のスニーカー、革靴、ヒール、ブーツ、そして子ども用の靴などが収められている。レイの家族がひとり一足しか持たないはずはないけれど、それにしてもだ。

レイがおそるおそる「この家にはいったい何人……いるのだろう？」と母親に問うと、目を瞬かせ、指を折って数え始めた。

「うちが今、十三人でしょ。あとケイジュのところが四人、アンジュのところが四人……そして瑛士とそのとなりのお友だちが入ると、何人になるかしら。ていうか毎年のことなのに、今さらどうしたのよ。いいから早く上がって」

指を折って数えた意味とは。途中で計算を放棄《ほうき》したらしく、結果、答えは放置だ。

そう言いながら、レイの母親は家の中に入っていく。

「……うちが今……十三？」

レイがぼそりとこぼし、史も驚きのあまりに言葉が出てこない。

「レイのきょうだいって……何人いるんだろう……それともお孫さんが多いってこと？」

勝手に「四人か、五人くらいの家族かな」と想定し、店で作ったキッシュやだし巻き玉子を持参したが、この様子ではまったくたりないのではないだろうか。

「とにかく、上がってみよう」

レイに促され、史は「うん」とうなずいて靴を脱ぐ。

想像以上の大家族が待ち受けるであろうリビングで、「彼は記憶喪失なんです」なんて告げたらどうなるのか。

しかしそこにいるのが何人だろうが、レイの家族であることに変わりはない。もしかすると、人の多さに怯んで自分たちの関係まで伝えきれずに終わってしまうかもしれない、と一瞬頭によぎった。

——なんとか、お父さんとお母さんにだけはお伝えしないと……。

廊下を進み、リビングの手前で、「わはは」と大きな笑い声が響く。中には二十人以上いるのだ。

学校の一クラスを想像する。実際に経験はないが、転校生とはこんな気分だろうか。

レイもそっと深呼吸している。

——アウェー感がはんぱない……けど、覚えてないレイも同じ気持ちだよね。

そう思うと、少し気が楽だ。

史は「名前を覚えきれる自信がないな」とレイにほほえんで、緊張で高鳴る胸を押さえた。

最初に「記憶喪失だ」ということを話さないと、レイのキャラが変わりすぎて、みんなが「偽者？」「どうした？」と不審がるだろうから、リビングに入ってレイの両親に挨拶をし、まずそのことを伝えた。

「どうしてそんなことに……」

そう問う父親は目や眉《まゆ》がそっくりだ。レイはどうやら父親似らしい。

にわかに信じがたいといった反応の母親に「記憶は戻らないの？」と問われたが、「戻るか戻らないか分からない」と答えるしかない。

「だから……ここにいるみんなに、できれば最初にそれを伝えたいんだが」

レイはみんなの記憶の中の『加賀谷瑛士』ではないのだ。それを話さなければ、玄関で会った子どもたちのように戸惑うことだろう。

レイの提案に父親が「そうだな」とうなずいて、リビングやキッチンでそれぞれ好き勝手をしている親類に「集合！」の合図をかける。

両親はもちろん、そこにいた全員とさらにチワワのコロロ、他の部屋にいた者、外に遊びに出た子どもたちも呼び戻されて、緊急家族会議とあいなった。

レイと史はソファーに座るように促された。目の前に加賀谷家総勢二十三名がずらっと集結している。ふたりはまるでひな壇《だん》に並んだ学級委員長と副委員長、リビングにホームルーム討論会のような熱気と戸惑いの滲《にじ》むざわめきが広がる。人が多すぎて「コロロはどこ行った？」

な状態だ。

「瑛士が記憶喪失になったって。さっきお父さんとお母さんに話してるの聞こえた」

「それマジなの？　で、あの隣の人、誰よ」

「いや、それは知らん」

正直、今もまだレイの両親以外は誰が誰だか把握《はあく》できていない。結婚して新しい家族も増え、生まれたての乳児、未就学児から中年まで、きょうだいと親戚が入り混じっている。

そんな状況の中、レイが「記憶喪失になってしまい、みんなのことを覚えていない」と告白すると、あちこちから「はい！」「はい！」と手が挙がり、質問大会になった。

それぞれの問いに「記憶喪失になった原因は分からない」「帰る家も名前も忘れて困っているところを、こちらの永瀬《ながせ》史さんが助けてくれた」「記憶は今も戻らないが、助けてくれた彼が手を尽くして調べてくれたおかげで今は元の仕事に復帰しているし、身体も健康だ」とレイが答え、みんなひとまず納得し、健康という部分には安心したようだ。

「健康って……身体も、その、あ、頭のほうも？」

母親だけは心配そうにレイに質問を続ける。

レイは母親と目を合わせて大きくうなずいて見せた。

「だいじょうぶだ。会社からの勧めがあり、復帰してすぐに病院で一日かけてどこか異常はないか、詳細《しょうさい》に検査してもらった。脳波も問題ない。身体に損傷も異常もなく、交通事故が原因ではなさそう……ということで労災認定も下りず、病欠にもならないけど、史が現状を証明してくれたから特例として無断欠勤扱いにはしないと言っていただけて……」

「じゃあ……マジでぜんぶ永瀬さんのおかげじゃん」

真ん中辺りに座っている高校生とおぼしき男子がそう声を上げると、総勢二十三名から次々と「ありがとうございます！」の感謝の言葉が贈られ拍手されてしまった。

「ええっ、いえ、そんな、僕はたいしたことはしてなくて。レ……彼が仕事に関する記憶を失っていなかったから順調に職場復帰できたんで……」

恐縮する史に、レイが「ほんとに史がいなかったら、俺はどうなっていたか分からない」と甘くほほえんだものだから、今度は全員がぽかんとした反応になっている。

――レイってこういうことを臆面《おくめん》もなく言うキャラじゃなかったんじゃないかなっ？

史が愛想笑いでやり過ごしていると、それまでいちばんうしろから無言で見守っていたレイの父親が「はい」と手を挙げた。人数が多く、みんなが一斉《いっせい》に口を開くと収拾がつかなくなるため、質問者は挙手することになっている。

「性格から話し方から……別人のようだ。表情までちがって見える。本当に瑛士なのか……？」

すると母親が「あんた何言ってんのよっ。瑛士よ」と父親の腕を小突いた。

でもそういう父親の反応は、決しておかしなものではないのだ。

レイは父に対しておだやかにうなずいて見せて、言葉を続けた。

「職場に復帰したときも、同僚や部下に、別人かと言われた。もう何年も一緒に働き、家族より長い時間をすごしていた人たちでさえそう思うくらいに、俺は変わったらしい。でも、俺は以前の加賀谷瑛士を覚えてないから、証明するのは難しいな」

苦笑いするレイの前に、母親がつかつかと歩み寄る。

「あるわよ、瑛士だって証拠なら。この子、肩甲骨《けんこうこつ》の辺りにおさかなさんの痣《あざ》があるのよ。『大人になるにつれて消えますよ』なんて小児科で適当なこと言われたけど、高校生になってもそのまま。だからいまだに残ってるはず。あとね、転んで擦《す》り剝《む》いた膝の瘡蓋《かさぶた》を、ばかだから何回もむしり取って、そこの皮膚《ひふ》がぼこっと盛り上がってんの」

全員がレイに注目し、この場で加賀谷瑛士の証《あか》しを見せないといけない流れになっている。

レイがおもむろにスーツのジャケットを脱ぎ、シャツのボタンを外していく。

「わお〜、瑛士のストリップショー」

冷やかしの声と和《なご》やかな雰囲気の中、レイが背中をみんなのほうへ向けて見せた。

「あーっ、ほんとだっ、おさかなさん！」

三歳くらいの女の子がレイに駆け寄って、爪《つめ》くらいの大きさの痣を指している。

レイの裸を前からしか見たことがない史も知らなかった。レイの母親が言うとおり、そこには『おさかなさんの痣』がある。

「えー……何それ、かわいくない？　魚っていうか、マジで『おさかなさん』だよね」

高校生らしき女子が笑ってスマホのカメラを向け撮影して、その画像を瑛士にも見せた。

「これ、あれだね、型抜きのやつっぽい」

「あー、分かる分かる。クッキーとか焼くやつね」

「ここに目ぇ描きたくなる」

最初こそ戸惑っていたけれど、みんながレイの背中に注目し、盛り上がり、もはや記憶喪失に対する悲愴感《ひそうかん》はまったくない。

膝の傷痕《きずあと》まで見せなくても、これで全員納得して『間違いなく加賀谷瑛士』は証明されたようだ。

「そういうわけで……両親ともう少しだけ今後のことを話したいんだ」

レイが「いいかな」と両親に問うと、ふたりは顔を見合わせ「じゃあ、奥の部屋に行きましょう」と促してくれた。


和室でお茶を勧められ、史は渡しそびれていた菓子折と、店の惣菜《そうざい》を母親に差し出した。

「池袋でたまご料理専門の小さな惣菜店を営《いとな》んでいます。キッシュをワンホールとだし巻き玉子を二つ、お菓子も、すみません……数がたりないと思うんですが、よかったら……」

「あら、池袋のどの辺ですか？」

名刺代わりの、店の案内を印刷した小さなカードを渡すと、母親は「たまご料理、好きなんですよ。瑛士も」と笑っている。

「あぁ……たしかに。味覚は変わらないのかもな」

レイの返しに、母親は少し寂しそうな顔をする。

「記憶喪失になったという話をしたあとに言うのも気が引けるが、両親と家族みんなに心配をかけたくないから、伝えておこうと思います」

レイが姿勢を正してそう切り出すと、テーブルを挟《はさ》んで向かいに座る両親の表情に緊張が走った。

史の心臓もばくばくと大きく鳴って、耳がとけそうなくらいに熱くなる。

「俺はこちらの永瀬史さんとおつきあいをしていて、事後報告で申し訳ないが、つい先日から、彼の家で同棲を始めたんだ」

レイが淀《よど》みなくそう説明する間、史はテーブルの木目《もくめ》をじっと見ていたが、しんとした空気になんだかいたたまれずにぺこりと頭を下げた。

史がそっと窺うと、両親は口を開けたまま声にならない様子で唖然《あぜん》としている。

「……おつきあい……同棲……」

「あ……、そう……なの」

ふたりの反応は賛成でも反対でも祝福でもなく、あえて表現するなら『無』だ。

「やっぱり、そう……だったのか」

父親がぼそりと放った言葉に母親が一瞬ぎょっとして、「あぁ」と苦笑いをしている。

「いや、あの、うちに一度も彼女をつれてきたことがなくて、浮いた話のひとつもなくてね。歳も三十だし、もしかすると、ゲイかもしれないね〜的な話をね、お父さんとふたりでしたことがあって。でも年齢的なこと以外に、そんな根拠《こんきょ》はなかったんだから」

レイは「あぁ、直接訊きにくいことだし、親なら恋人ができない息子を心配するものだろう」と理解を示すが、両親は冷や汗をかいている。

「以前の俺がどうだったのかは覚えていないが、周りに話を訊くと、とくに恋人はいなかったようだ。ゲイの噂《うわさ》もなかった。でも過去の俺がどうだったかは関係ない。俺は今、史を好きだということしか、知らない」

レイの告白に、なんだか胸がわっと沸《わ》いて、史は奥歯を噛んだ。

「今日ここに来て、記憶喪失だと話すのも、いつかとか、そのうちにじゃだめだと、史に説得されたんだ。俺にとっては、実家が知らない人の家みたいに思えて、尻込みしてしまったんだが……」

母親が少し悲しそうな表情になるのを、史は見ていられない。

「でも……今日、ここへ来てよかったと心から思う。最初は大人数に圧倒されたが、みんな明るく受けとめてくれて、不安がいっぺんに吹き飛んだ」

レイがおだやかな表情でそう話すと、母親は今度は目をぱちぱちとさせる。

「あら、瑛士は大学を卒業するまではなんとかここにいてくれたけど、賑やかをとおりこしてこの騒がしい家庭環境にうんざりしてて、就職と同時に独り暮らしを始めたあとは、なかなかこの家に寄りつかなかったのよ。仕事も忙しかったみたいだけど」

「男が四人に女が六人の十人きょうだいだからな。瑛士は上から三番目の次男坊だ」

父親が加賀谷家の家系図みたいなものを紙に書いてくれた。名前、年齢、性別付きだ。いちばん上が、レイより三つ年上の長男で三十三歳の圭寿《けいじゅ》、いちばん下は十六歳の女子高校生、あのスマホでおさかなさんを撮って見せてくれたまゆかということになる。

「次女が双子を出産したあとすぐ離婚してうちに戻って、三女も子ども二人連れて離婚で戻ってきて、家の中はもうてんやわんや」

長男、長女は結婚して、今は別の家に住んでいるが、それでももともとの人数より増えている状態だ。人が家から出たり入ったりの説明を父親が家系図に書き加えていくと、横から母親に「そこっ、まちがってるわよ」と厳《きび》しめに突っ込まれていて、史は思わず笑ってしまった。

「人数が多いおかげで、誰かが誰かのたりないところをカバーして、助けあって、楽しくやってる。瑛士に『いろいろたいへんだから大学卒業するまではうちから通って！』ってお願いしたのをしぶしぶ守ってくれて、ずーっと我慢させてたから、自分の好きなようにしてほしいと思ってた。でも……」

同棲のことはレイの両親にとってその許容の範疇《はんちゅう》を超えている——史はそんな話の流れを想像して、すうっと笑顔が引っ込んだ。

「私たちの手を離れたあと、家族のことも思い出も全部忘れてしまって……記憶が今後も戻らないなら、それは悲しいし寂しい。でも健康で、しあわせでいてくれたら、それがいちばんよ」

母親はふたりに向かって、ほがらかな笑顔でそう締めくくる。

「ね、お父さんもそう思うでしょ」

「え、あ、あぁ。うん」

父親は母親の迫力に終始気圧《けお》されてうなずいている感はあるものの、反対という気持ちでもなさそうだ。

「長男の圭寿が早くに結婚してうちを出て、その分、次男の瑛士にわたしも頼ってた。ほんっとに口が悪くて反抗的で無愛想……だけど心根はやさしい。だから、ふたりのこれからのことは、不思議なくらいに心配してない」

そう言いきる母親を前に、史とレイは顔を見合わせ、お互いにほっとして笑いあった。

「自分の想いをうまく表現できなくて不器用だったけど、今の瑛士は、表情もやわらかになってて、びっくり」

「だから俺もつい別人かなんて訊いてしまって」

レイの両親も肩の力を抜くのが見てとれる。

「しあわせそうで何より。元気な姿を見れたし、ほっとしました。記憶喪失ってことや、この先もし後遺症が出たら……って部分が気にはなるけど……もし瑛士に何かあっても、永瀬さんがいつも傍にいてくださるんだって、安心してていいのね？」

母親からの確認に史はしっかりと目を合わせ、「はい」と首肯《しゅこう》した。向かいで父親もそれに同意するように、うんうん、とうなずいている。

「史といるとしあわせだ。安心してほしい」

レイも両親にはっきりとそう宣言するのを、史は彼のとなりで胸をあたたかくしながら聞いていた。

レイの両親から「年越し蕎麦《そば》だけでも食べてって」とお誘いを受け、にぎやかなリビングでふたりは蕎麦をいただいたあとで加賀谷家を出た。

十九時ごろ、辺りはもうすっかり暗くなった中、家族総出で見送られ、レイも笑顔で「よいお年を」と手を振った。

そんなレイのもう片方の手には、手提げ袋がある。その中身は、予防接種や病歴について書かれた母子手帳と、父親が「まちがってるわよ」と突っ込まれながら書いていた加賀谷家の家系図だ。

母子手帳は「予防接種を何回打ったかとか、打ってないとか、確認が必要なこともあるから自分で持ってなさい」ということで受け取った。

「よかったね。これ、生まれたてのレイの写真だ」

母子手帳を捲《めく》って最初のページに、産院で母親に抱かれた写真が貼りつけられている。

「レイが加賀谷瑛士として生まれた証拠」

「俺が忘れてしまっても、こうして揺るぎない真実は残ってる」

「うん」

「なんだかんだで、あの魔女はまったくの悪人ではない気がするな」

するっと魔女の話題にふれられて、史は思わず返事に詰まった。

すっかり忘れていたが、今日この行動に至ったのはあの魔女の挑発があったからなのだ。

――ど、どうしよう。レイにもう話してもいいのかな。でもなんか話したくないっ。

いじわるだし、からかわれるし、それなのに魔女の言うことはいちいち的を射ているので、ちょっとくやしいのだ。

――そういえば魔女が「ごほうびを楽しみにしてて」って言ってたな……。

そっと自分のひたいにふれてみる。少し力を込めて圧すと、あのぽこっとした、シリコンみたいな手ざわりのものがそこにある。

――……これ消えるんだよね？

魔女が課したミッションはクリアし、エキシビションは終了したはずだ。でも魔女はこれをつけたとき『わたしにしか分からないしるし』だと言っていた。

――ごほうびを貰《もら》えるまで、これはひたいに残るのかな……。

一抹の不安は残るものの、エキシビションなら失敗しても制裁はないはずで、これからふたりに何か大きな問題が起こるとは思えない。

「……年末年始の買い物がまったくできてない……ってことくらいかな……」

大晦日のこの時間に開いている店はだいぶ限られている。

史の独り言に、レイが「そうだな。急いで買い物をして帰ろう」と史の手を掴んだ。

お刺身やオードブルのセットをなんとか滑《すべ》り込《こ》みで手に入れ、おつまみになりそうなスナック菓子やチョコレート、お酒も何本か適当に買って、ふたりは家に帰った。

「重箱に洋風のおせち料理を作りたかったんだけど、あしたまた開いてるスーパーを探してみようかな」

「ぎりぎりまでがんばって働いたんだし、元旦《がんたん》くらいはゆっくりすごしてもいいと思う」

「そう？　そう言われたら、それでもいっかって気持ちになる」

テーブルに買ってきたものを並べ、プラスチック容器のまま出すのは味気ないので、スクエアプレートなどに盛りつけることにした。

「お蕎麦をいただいて食べたし、おなか空《す》いた～ってかんじじゃなかったら、先にお風呂をすませちゃう？」

「じゃあそうしよう。史、先にどうぞ。その間に、テーブルを整えておく」

レイがそう言ってくれたので、史は「うん。そうする」と返した。

魔女の言う『ごほうび』が気になるものの、風呂でも何事もなかった。入れ替わりでレイが入浴している間も、そわそわと辺りを見回したり、スマホを見たり、なんとなく落ち着かなかったが、とくに変化なしだ。

「……なんなんだろ、ごほうび」

口に出しても出さなくても、魔女はどこかから聞いているはずだ。

レイのときは、ハートのネクタイピンから覗き見されていたし、このひたいにあるハート形のしるしも、魔女と通信するような役割を果たしているにちがいない。

そうこうしているうちに、レイがリビングに戻ってきた。

レイはそのままキッチンのほうへ向かう。レイの様子がなんとなく気になって、史は目で追った。

「……レイ、なんか、顔がちょっと赤くない？」

レイは「……ん……」と生返事だ。

「湯あたりでもした？」

心配になって、史は座っていたところから立ち上がり、水を飲もうとしているレイの傍に並んだ。顔を覗き込んで見ると、やはり少し顔がほてっているようだ。

「頭とか、痛くない？」

史がレイのひたいに手を当てると、びくっと肩を跳ねさせる。

「あ、ごめん、冷たかったかな」

「い、いや……だいじょうぶ」

「熱はなさそうだね」

温度差を感じやすい冬だ。風呂上がりに、毛細血管が拡張して多少は赤くなったりもするだろう。本人もだいじょうぶって言ってるし、と史はたいして気にもとめず、「ごはん食べよ」とレイをテーブルに誘った。

乾杯をして、買ってきたものをおつまみにしてお酒を飲みつつ、年末恒例《こうれい》のテレビを見る。

ふと気付くと、レイがなんだか元気がなさそうに見えた。

「レイ……どうした？　疲れた？」

「……いや……疲れたわけじゃなくて」

レイの呼吸が少し早い気がして、史は途端に心配になる。魔女は『ごほうび』なんて言ったけれど、何をするか分からないのだ。

「レイ、具合悪い？　ちょっと横になる？」

史の気遣いを、レイが首を横に振って固辞する。

「……へ……変、なんだ……」

ようやくレイが自分の状況を「変」だと訴《うった》えた。

「変って何？　どこが？　えっ、おなか痛いとか？　吐きそう？」

矢継ぎ早の質問に、レイが潤んだ眸を史に向ける。

するとレイがやおら史の手を摑み、強い力で彼の股間《こかん》に押しあてた。

史の手にごりっと硬いものが当たっている。

こうなった理由が見当もつかず、史は瞠目《どうもく》した。

「……え……と……レイ……これ……」

「………」

レイは険《けわ》しい顔つきで、無言で史を見つめてくる。

「め、めちゃめちゃ勃ってるね」

「……史……年末特番を見ながら食事を楽しんでいるところに……空気を読まない愚息《ぐそく》で申し訳ないが……」

「……う……うん」

レイの言い方にちょっと笑ってしまった。

「めちゃめちゃセックスしたい」

史は「ぐふっ」と噴き出しそうになったが、真剣な表情のレイの前では笑えない。

「風呂に入っていたら、す、すごく、えっちなときの史を思い出して……取り憑かれたみたいにそればっかり考えて、それで……」

「すごくえっちな……と言いますと……クラフトジン飲み過ぎえっちのこと?」

「今晩も飲むかなって考えた途端、猛烈にムラムラしてきて……」

あのときのセックスについては、たしかに史も乱れまくった自覚がある。

「……あれは、うん……僕も中でイくのがすごく気持ちよかった」

史も自分の身体に広がる性感を追想して、それだけで後孔がきゅんと窄まるかんじがした。

「……なんか……レイがそういうこと言うから僕まで……同調しそう」

彼の熱に当てられたように胸がどきどきと早鐘を打ち、呼吸が乱れ始める。

「史……」

レイにうわずった声で名前を呼ばれて顔を上げると、うっとりした眸で見つめられていた。

肘《ひじ》の辺りを摑んで引き寄せられ、そのままレイの腕の中に包み込まれてキスをされる。

「……ん……」

いつものゆるやかに啄《ついば》むようなくちづけじゃなくて、レイが少し強引で情熱的だ。

くちびるを嬲られ、すぐに舌を絡めあうキスになる。

史もこんなふうにされるのがいやじゃない。やさしいふれあいや、愛され方も好きだけど、こういう欲望をあらわにするような求められ方もうれしい。

「レイ……、待って……もう……ベッド、行こう?」

寝室へ行けば、性交のために必要なものが置いてある。

息遣いの荒いレイがくちびるを震わせながら、こくりとうなずいた。

史が自分の異変に気付いたのは、後孔に指を宛《あて》がわれたときだった。

ジェルを入れる前に、そこがなぜかぬるっとしていたのだ。レイも目を瞬かせている。

「……ジェル……まだ使ってないよね……」

「ああ、入れてない」

指を押し込まれ、にゅるっと回転されて、史はとつぜん湧いた快感に身体を突っ張らせた。

「んんっ……！」

「……中から……溢れてくる……？　これはなんだ？」

レイは史の両脚を割り広げて、そこを覗き込んでいる。史が見守っているとレイはさらに顔を寄せ、何をするのかと思えば後孔をぺろりと舐めた。

「……っ！　レイっ……」

「……甘い……薄い蜂蜜《はちみつ》みたいな味がする……」

「ええっ、なんでっ……？」

「何か入れておいた？」

レイは史がこっそりと後孔にジェルを仕込んでいたとでも思っているらしい。

「僕だって何もしてないよ」

答える傍から、レイが再びそこを舐めた。

「あぁっ、やっ……」

舐めるだけにとどまらず、後孔の内側にもレイの舌が入り込んでくる。

「あっ……や、あ……レイっ……」

「……やだ？」

後孔のふちを、レイのやわらかな舌で擽《くすぶ》られたかと思うと、尖らせて少し弾力のある硬さになったもので何度も出たり入ったりを繰り返されて、それがたまらなく気持ちいい。

首を擡《もた》げてレイのほうを覗くと、挑発的な目で見つめられている。

「舌……挿れ……るのがいい」

「……この、ふちのきわのところ……？」

「ううっ……、っ……ぁっ……」

ざわざわとそこら辺を這《は》い回《まわ》る舌の動きに、史を息も絶え絶えになりながら喘《あえ》いだ。

「史の中が……あの甘い蜜で濡れてる」

あり得ないことが起こっている。

史は頭の隅で、「これが魔女のごほうび？」と考えたが、何が正解なのかは分からない。

今日はまだほとんどお酒を飲んでいなかったからか、史のペニスは硬く勃起している。それをレイがあやすようにこすりながら、指と舌を使って後孔を丁寧に愛撫してくれた。

挿入された指を、内襞がしゃぶるように蠢《うごめ》くのが自分でも分かる。収斂《しゅうれん》するそこを引っかくようにこすられるのがたまらなくいい。

でもピークに達するにはまだ足りない。もっと奥のほうまでぜんぶ、いっぱいまで充《み》たしてほしくなってくる。

「レイ……きょ……う、……やばい、気がする……」

「やばいって？」

「どうしよう……もう、中に欲しい」

興奮しきって、ひどく感情が昂《たかぶ》っている。泣いてしまいそうだ。

「俺も、史に挿れたい」

いつもならもっと長く前戯《ぜんぎ》に時間をかけるのに、ふたりとも同じことを望んで、気持ちも身体も急《せ》いている。

「痛かったり、苦しかったら、言って」

レイの気遣いに、史は首を横に振った。

「レイ……だいじょうぶだから」

レイの先端が後孔のふちを塞《ふさ》いだだけで背筋が震える。史は自分自身を落ち着けようとまぶたを閉じてそっと深呼吸したが、どうにもうまくいかない。彼を待つ間も、息が弾み、鼻を鳴らしてしまう。たった数秒すら待てなくて、飢渇感《きかつかん》でどうにかなりそうだ。

「中から……蜜が溢れてくる……」

「お、お願い、もう奥までぜんぶっ……」

とろとろと溢れる糖蜜のぬめりを使って、レイの硬茎が閊《つか》えることなく深いところへ向かって挿入されていく。

「……あ……あぁ……っ……！」

奥までひと息に押し込まれたとたん、まぶたの裏が真っ赤になり――史は下肢をがくがくと震わせて、いきなり極まってしまった。

レイのペニスに貫かれた内壁の痙攣がとまらない。何度も収斂している後孔をだめ押しでやさしく掻き回されて、史は小さく喘ぎながら、甘く痺れるような長い絶頂感に没入した。

やがて身体が弛緩《しかん》して、昂りがゆるやかになっていく。

「……挿れただけでイったね」

「……こんなイき方したの……はじめて……。まだ……中が気持ちい……」

最初の波が落ち着いてきても、レイとつながっているところはずっと気持ちいい感覚が続いている。

すると、ぬるっとしたものを乳首《ちくび》に塗りつけられて、史はまぶたを上げた。しぶいた自分の精液が、下腹から胸の辺りにまで派手に飛んでいたらしい。指でその白濁ごと乳首をつままれ、むず痒《がゆ》いような淡い性感に史は身を捩《よじ》る。

「史……気持ちよさそうだ……」

「……っ……はぁっ……」

乳首を弄られながらずるうっと引き抜かれ、腰が勝手に浮き上がるほどの快感が湧いて、史は喉を仰け反らせて喘いだ。すべて引き抜かれたかと思うと、すぐさま押し込まれる。

レイの硬い先端がふちを潜り、捲り上げながら出て行くという動きを何度もされ、史はそのどちらにもひどく感じて、身を打ち振るわせながら喘いだ。

「史の……中が、とろとろで……呑まれる」

「あぁ……ぁ……あ……」

レイのペニスとこすれあうところ、雁首でひっかかれる襞、ぜんぶが気持ちよくてたまらない。背骨に沿って快感が広がり、頭の芯までしびれる。

「……史、腰が動いてる……気持ちいい？」

羞恥心や理性が薄れ、それよりも快楽を得る行為に夢中になっていた。

「レ……イ……気持ちいいよ……」

「とても深いけど……いい？」

気付けば、レイの腰がぴったりと史に重なっている。その状態でゆるやかにグラインドされると、奥壁まで満遍《まんべん》なく掻き混ぜられるかんじがしていい。

「はぁっ……んぅ……これ、好き……やめないで」

「うん……俺も……先っぽ、呑まれるかんじが……いい……」

接合した身体の奥から、ぐちょっ、ぐちょっ、といやらしい音が響いている。

「ああっ……それ、また、イ、……イきそうっ……」

「イって」

「……っ、……っ、あ……！」

後孔がぎゅうっとレイのペニスを締めつけ、痙攣し、史は再び中で絶頂した。

つま先がびくびくと跳ね、何度もその波を受けとめて極まる。

「……っ、だめだ……史っ……俺もっ……」

レイも、内襞の強烈な蠕動《ぜんどう》に刺激されたようだ。奥に先端を押しつけて、白濁をしぶかせているのが伝わる。

互いを抱擁《ほうよう》したまま、しばらく快楽の余韻《よいん》に浸《ひた》った。でも今日はなかなか熱が引かない。

ふたりして禁欲生活でもしていたのかというほど早々とイってしまったのがおかしくて、顔を見合わせてちょっと笑った。

「史の中が気持ちよすぎたんだ」

くちづけあいながら、いきなり飛ばしすぎな自分たちにくすくす笑う。

「なんか、変なの出たね」

「うしろの蜜みたいなの？」

「うん。これもしかして、メスイキイベントのひとつかな」

「メスイキイベント?」

レイは魔女との密約について知らないのだ。説明はあとでするとして、これがもしかすると魔女の『ごほうび』なのかもしれない。

「ねぇ……これさぁ……乾かないいんじゃない? ちょっと前に挿れっぱなしで二回目になだれ込もうとしたとき、ジェルが乾いて痛くて、結局一旦《いったん》抜いたよね」

「あぁ……ジンを飲み過ぎたときだな」

レイとずっとくっついていたかったけれど、仕方なく離れてジェルを足したのだ。

「今日は離れなくてもできそう」

楽しくなって史がふふっと笑ったとき、レイが変な顔をしていることに気付いた。

「……レイ、どうした?」

「離れなくてもできそうっていうか、……ちっとも萎《な》えないいんだが……」

「……?」

そういえば、史の中にとどまったままレイのペニスは、最初の硬さを保っている。

「えっ……イったのに、勃ちっぱなし?」

「勃ちっぱなし……だし……、腰がもう、さっきからずっとぞくぞくしてて」

レイがぶるっと身震いして、興奮状態の自分を抑えるようにゆっくりと息をはいた。

「史……もう無理だ、腰を振りたいっ……」

「えっ……」

戸惑う間もなくレイが動き出し、中を掻き回されたらすぐに史も昂ってきた。じわじわと腹の底から背骨を這い上がるような淡い快感が、レイの抽挿が激しくなるにつれて徐々に濃厚になっていく。

「あ、あぁ、レイっ」

脳天まで響く強さで突き込まれているのに痛みはなくて、鮮烈な快感に朦朧となるばかりだ。絶え間なく腰を送られる一方で、体位を少しずつ変えられる。こすれあう箇所と強さも変わって、史が悶《もだ》えて悦《よろこ》ぶポイントを見つけられてはそこを執拗《しつよう》に責められた。

身を捩るうちに横向きになり、その格好のまま大きく抜き挿しされる。

「レ、イっ……そこ……すご、いっ……あぁ……」

「……ここ?」

新しく知ったところを硬茎で丁寧に捏ねられ、史は甘ったるい声を上げて枕に縋《すが》りついた。

そんな史にレイが背後から寄り添い、横臥《おうが》で後孔をぐちゃぐちゃにされる。

「……っ、ん……んんっ」

レイに抱擁され身体がぴったり重なると、人肌の安心感でいっぱいになりうれしい。

「史……これ、気持ちい……」

レイにうなじを嬲られ、ゆったり煽るような腰遣いで揺すり上げられる。

「レ……レイ……前も……」

うしろを犯されながらペニスを手淫されると、よすぎて身体がとけてしまいそうだ。

史は背後のレイにキスをねだった。脚を絡ませあい、上から下までレイに塞がれ、彼の腕の中にすっぽりと包み込まれた状態で全身を揺らされる。

「あっ……んっ、レイ……また、イく……出る……」

「前も？　出したい？」

「前もっ……」

同時に激しくペニスをこすり上げられた。部屋に響くのが、あのあやしくて甘い蜜の音なのか、自分のペニスから溢れる蜜の音なのか、もはや分からない。

興奮でほとんど泣き声みたいな喘ぎ方になっていく。

「ひぁっ……、ん、あっ……！」

史は先端から白いものを迸《ほとばし》らせ、身体を何度も震わせて再び極まった。今度は前もうしろも同時だったから、快感がとてつもなく深い。

喉を震わせ、呼吸を整えるのも時間がかかる。

「史……まだイけるか？」

「レイ……あっ……」

次は四つん這いのドギースタイルで、レイに背後からきつく突き込まれた。

さっきまでのよりずっと、レイの動きも突き方も激しい。でもやさしい強さと、甘さがあって、ちっともいやじゃない。むしろ、彼がいつもは抑えている本当の欲望を、ついに全身で伝えられている気がしてときめいてしまう。

目も開けていられないほど前後に揺さぶられ、開けっぱなしの口から嬌声《きょうせい》がこぼれる。

「はぁっ、あぁっ、レイっ……」

ほとんど羽交い締めのような格好で、再び最奥にレイの熱いものを浴びせられた。奥壁を叩くように射精され、史の後孔は震えながらそれを受けとめ悦んでいる。

身を反らして極まる間、下腹が波打ち、腰が何度も跳ねるのがとめられない。

「史……ずっとイってるね……？」

耳元で問われ、史は声に出せずに口をぱくぱくとさせた。

ひとしきりレイのペニスと熱い精液を味わって惑溺《わくでき》する。

やがて史はベッドにぐしゃりと崩れた。心地よい疲労感の中で陶然とする。

一度も離れることなくつながっているレイのペニスは、それでもまだ硬さを保ったままだ。

「レイの……まだ硬い……」

手をうしろにのばして、つながった隙間に指を差し込む。その指先にレイの硬茎がふれた。

史の甘い蜜でその辺りはべとべとに濡れている。

「……っ、史……ごめん、終わらない」

「……うん……僕も……」

中でレイに出されるたびに、快感の濃度が増している気がする。

レイがずっとエレクトしているから史もそれに引きずられているのか、あの甘い蜜に何か理由があるのか分からないけれど、互いの身体がつながったままなのがうれしく、いっときも離れたくないのだ。

「史……」

今度は前から抱きかかえられて、レイの膝で揺すり上げられる。

「レ、イ……これ、奥に来るの、すご……い」

「史が気持ちいいところ、どこ？　動いて、おしえて」

レイの肩に摑まり、もう片方でレイの膝に後ろ手をつき、史は自ら腰を動かし始めた。前後左右に揺らし、上下に振って自由にふるまうのを、レイが支えてくれる。

身体を反らすと、熟《う》れた胡桃の膨《ふく》らみにレイの硬茎がきつくこすれて、史は小さく喘いだ。

「……そっ……こ……っ……」

史の動きに合わせて下から突き上げられる。目も開けられないほどの強い快感に脳が痺れ、音が遠のき、ベッドに背中から戻されたときには、天地さえ分からなくなっていた。

「――――っ！」

イきすぎて、もう何度目か分からない。

快楽に没入し、本気で感じまくると声が出なくなって呼吸さえも忘れてしまう。

「史、飛んじゃうから、ちゃんと息して。声出して」

「……っ……はぁっ、ぁ……ん……」

甘え声をこぼしながら、やさしくあやしてくれるレイに縋りついた。


身体をつなぐ行為に夢中になっている間は不思議なほど疲れなかったのに、フィーバーみたいなメスイキイベントが終了した途端に、ふたりは気を失うように眠った。

眠りから覚めて史が目を開けると、俯《うつぶ》せで眠るレイの後頭部がすぐ傍にある。カーテンの向こうはもう陽が昇っているようだ。

ぼんやりとしたまま、今日っていつだっけ……なんて考えて、史ははっと覚醒《かくせい》した。

――元日……！

なんということだろうか。とろとろセックスに耽溺《たんでき》して、いつの間にやら年を越してしまっている。

好きな人ができたらその人と「あけましておめでとう」「今年もよろしくね」と零時を過ぎるのと同時に新年の挨拶を交わしたいな、と密《ひそ》かに憧《あこが》れていたのだ。一緒に住んでいるから、

LINEなどではなくて、レイの顔を見てそれができるなぁと考えていたのに。

——あぁ……新年早々爛《ただ》れてる……。

一年に一度しかない最初のイベントがさっそくぐだぐだスタートになりそうだが、史は口元をゆるませた。レイの肩甲骨におさかなさんの痣を見つけたのだ。

着替えるときなどにレイの背中が視界の端に入ることはあっても、そのかたちまであまり気にしたことがなかった。それにこんなふうにレイの裸を見るのはたいてい前からで、彼に抱かれているときだったから。

レイが加賀谷瑛士である証拠のおさかなさんに指でふれる。史はきのう、レイの母親に言われるまで、これを知らなかったけれど。

——それってつまり、レイが、いつも僕のほうを向いてくれてたってことだよね。

そして、そのほんの小さな痣を知っている者が持つ愛情も感じる。立場がちがうから、愛情の種類と見え方が少しちがって映るだけだ。

ひとりでのろけて、てれくさい。

静かに笑いながら、レイの背中に頬を寄せてそっと抱きつき、彼が幼いころから背中に飼っているおさかなさんにキスをする。

するとレイも「ん……」と目を覚まし、こちらへ振り向いた。

「……おはよ……史」

「おはよう。年が明けたよ」

レイも「……あっ」と目を瞬かせている。

しかしふたりとも真っ裸だ。だから毛布にくるまったままで、ひとまず挨拶を交わした。

「あけましておめでとうございます」

「今年もよろしくお願いします」

お互い同時に挨拶しながら、おかしくて笑ってしまう。

「ベッドで、裸で、新年早々なんというか……」

「あとであらためてちゃんと服を着て、挨拶しよう」

レイの提案に史は「そうだね」と同意した。

いたずらを楽しむようにひとしきり笑ったあと、レイが「身体、どこも痛くない？」と史の髪をなでてくれる。史は「平気」と答えた。

「何回したか、分からないな」

「うん。僕もイきすぎてよく分かんない」

「きのうはいったいなんだったんだ？　史は『メスイキイベント』とか言ってたが……」

レイには、魔女との密約をまだ明かしていない。

真っ裸のまま寝転んでする話ではないので、とりあえず服を身につけて向きあった。

「じつは……僕がレイに『家族に会ったほうがいいんじゃない？』なんて言うのってずうずう

しいかなとか、いろいろ考えちゃって、ひとりでもだもだしてたら……デラックスな魔女が来たんだ。おとといの夜に」

「……えっ？」

眉をひそめるレイに、史は魔女が設《もう》けたエキシビションについて、話を続ける。

記憶喪失のレイに関する懸念をふたりで解決して一歩進むことができたら「ごほうびをあげる」と告げられていたこと。そのごほうびの内容は知らされていなかったこと。そして、記憶を奪ったり命を削ったりなどの、リスクは課さないという条件だったことも。

「あ、魔女が僕のひたいにハートのしるしをつけたんだけど……」

史がひたいにふれると、そこにあったはずのハート形のものがなくなっている。

レイがそれを心配げに覗き込んでくるので、「だいじょうぶ。もうない」と史は笑った。

「何かひどいことをされたら、どうするんだ。そんなことがあったなら俺に話してほしい」

「……うん……そうだね。相談せずに、ごめんね。僕はすぐ、こんなこと言うときらわれそうとか、波風立てないほうが平穏だよねって逃げようとするんだよな。そこを魔女に突かれた」

魔女が言うとおり、史の自信のなさ、臆病者《おくびょうもの》具合はあいかわらずだ。

自分ばかり愛されたがり。でも、愛されたければ、愛を示さないと――そんなふうに魔女は史の背中を押してくれたのでは……そう考えるのは甘いだろうか。

「きのうのことは『魔女にこんなこと言われたんだけど、どうしようっ』ってレイに泣きつくんじゃなくて、僕は僕の気持ちで動きたかったんだ……。レイの背中を、だいじょうぶだよって、僕が押したかった」

史は魔女に背中を押されたわけだけど、その先は自分の想いだけで動きたかったのだ。

「そうか……うん、ありがとう。史の気持ちがうれしい」

エキシビションがそう何度もあるとは思えないが、今回のことでまたひとつ自信がついた。くだらない『もだもだ』を捏ねて魔女をこれ以上太らせないように、史が自分の意思で前進すればいいのだ。

「……で、話を戻すが、その魔女の『ごほうび』とやらがメスイキイベントだった……と？」

ごほうびの内容を明確に知らされていないので推測するしかないのだが。

「ずっとつながっていたい、離れたくないって、あの瞬間は本気で思うけど実際は無理だよね。でも魔女がそういう夢みたいなイベントを『ごほうび』にくれたんだ、きっと。あの謎《なぞ》の甘い蜜はおまけのオプションだったのかな」

「……魔女はそれを、今度はひたいのハートのしるしから覗いてたわけだ……」

「……かもしれないね」

レイは空中をぎりっと睨《にら》んで「もう二度と俺たちを覗かないでくれ」と、姿の見えない魔女に一喝《いっかつ》し、史の肩を両手で摑んだ。

「踏み込んでいいのか、傷つけないか、いやがらないかって、史は人をとても気遣う。それを史は、自分がきらわれたくない、愛されたいからだって思ってる。でもそれはつまり、史がその人たちを愛してるからだ」

レイにそう指摘されて、はっとした。

愛してるから愛されたい。たしかに、そうだ。

「史、誰だって迷ったり、ためらったりすることはある。でもその小さな迷いに魔女はつけいる。これからは俺が史の傍にいるから、何かに迷うことがあったら、俺を頼ってほしい。ふたりのために大切なことは、ちゃんとふたりで考えればいい」

「うん。もしまた魔女が出てくるようなことがあったら、レイに話すよ」

だってもうひとりじゃないのだ。

そのとき史はふと、ある疑問が頭をよぎった。

自分はどうして今まで、そのことに気付かなかったんだろうと、今度は笑えてくる。

「……史？　どうした？」

「ねぇ……、僕、なんでずっと『レイ』って呼んでるんだろう」

史がつけた、魔法使いの呼び名だ。加賀谷瑛士という本名を知っても、レイ自身が「『レイ』でかまわない」と言っていたし、史にはそう呼んでほしそうだった。それでお互いに納得していたけれど、彼はもう『レイ』ではないのだ。

「恋人として一緒に暮らし始めたんだから、これからは魔法使いの『レイ』じゃなくて、ちゃんと加賀谷瑛士さんって呼びたいな。それにほら、新年だし、ちょうどよくない？」

史の提案に『レイ』ではなく、瑛士が「そうだな」と同意してくれた。

「えー、どうしよう、瑛士……さん？」

「レイって呼んでたんだし、瑛士でいいよ」

「呼び慣れないから、ちょっとてれくさいな……へへ……」

ふたりともにまにましてしまう。

「あの……あらためまして。加賀谷瑛士さん、あけましておめでとうございます。僕はこれから、瑛士って呼ぶね」

「あらためまして。永瀬史さん、あけましておめでとうございます。ふつつか者ではございますが、一生、きみの傍で、ますますしあわせになりたいと思ってます」

ふたりで同時に「よろしくお願いします」と深々と頭を下げた。

顔を上げて、見つめあう。

「瑛士、大好き」

「俺も史が好きだ」

ほっと笑顔を浮かべる史に、瑛士もにこりとほほえんでうなずいた。

5

三月半《なか》ばをすぎて、日中は春の訪れを感じることが多くなった。

お花見や行楽のシーズンになると、たまご料理専門店『たまむすび』では、生たまごのサンドイッチがよく売れる。

「史《ふみ》、『生たまごサンド』はショーケースに並べおわった」

いつも土曜日は仕事に出る瑛士《えいじ》が、今日はお店を手伝ってくれることになったのだ。

土曜日がいちばん忙しいので助かるし、瑛士が店に立つとイケメン効果で売上がアップする。

卒業式シーズンですでに春休みに入っている学生も多く、今日はついに売上最高値をたたき出すかも、と期待大だ。

「あれっ……来間《くるま》さんじゃない？」

店の外から覗き込むスーツ姿の男性に史が気付いた。

「あ、来間だ」

「瑛士、『どうぞ』って声かけて」

まだ開店時間前なので入るのを遠慮している様子の来間を、瑛士が店内へ招き入れる。

「すみません。なんかちょっと早くついちゃって。オープン十一時ですよね」

会釈《えしゃく》しながら入ってくる来間に、史も「お久しぶりです」と挨拶した。

「どうした？　今日出勤だろう？」

瑛士の問いに「ランチのパシリ」と来間は笑って答えている。

「心配しなくても、加賀谷《かがや》さんがお休みのときは俺がちゃんと完璧《かんぺき》にフォローしますので」

「おお、頼もしい」

そんなふたりの会話に、史も加わった。

「加賀谷さんが会社で食べさせてくれた永瀬《ながせ》さんのだし巻きたまごが超うまくて。キッシュとか生たまごサンドがおいしいって話も聞いて、ぜったい食べたいと思ってたんですよね」

「ありがとうございます。季節限定の、桜の花の塩漬けをのせた『桜のキッシュ』をちょうど出したところで」

桜の咲く季節に「見た目もかわいい」と常連客にも好評だ。

「じゃあその限定のと、生たまごサンドを六個」

来間のオーダーの品物を袋に詰めながら、史は彼らの会話に耳を傾ける。

「なかなか会社じゃ訊けなくてさ……加賀谷さんが今一緒に住んでるのって……永瀬さん……だよね？」

来間が遠慮がちに史に目線を遣り、ふたりの関係について確認された。

史が答えていいのか迷う間もなく、瑛士が笑顔で「あぁ、うん」と肯定する。

来間は驚いた様子はない。瑛士の返しに「やっぱり」と納得した様子だ。

「加賀谷さんがときわ台《だい》に引っ越すって聞いたときに、それって永瀬さんが住んでるところじゃないの？　って思ったんだけど、訊いていいものなのか迷ってた」

「あぁ……自称魔法使いだった頃、記憶喪失になってからずっとときわ台の史の家にお世話になってると話していたからな」

「だからまぁ、確定してるようなもんなんだけど……うん、加賀谷さんからは、話してくれないしさ……」

来間は少し不満げにそうぼやいている。

「本当は俺がどれだけしあわせなのか自慢したかったが、余計な気を遣ってしまっていたようだな。来間はちょうど彼女と別れたばかりだったろ」

「おまえそれ言う？　気遣いの意味ない〜」

来間が瑛士を指さして「自分はしあわせだからってひどいよね」と笑った。

「でもよかった。やっと訊けた。なんか俺、年上の部下っていう面倒な設定だし、こういう話はしにくいのかなー、信用されてないのかなーってちょっとさみしくてさ」

「信用も信頼もしてるし、だからこうやって休んだり、この頃は平日も早く帰らせてもらってるんだが」

「あー……まぁ、うん。むかしの加賀谷さんは、仕事を周りに振らずにぜんぶ抱え込んでたんだけど……この頃はわりと丸投げされます」

史に向かって冗談で告げ口する来間に「それは『丸投げ』じゃなくて『信頼して任せてる』だ」と瑛士が突っ込んでいる。

瑛士はデバッガーリーダーという立場で、終電で帰ってくることももちろんあるけれど、帰宅が早い日も増えたので、仕事が順調なのかなと史は勝手に解釈《かいしゃく》していたのだが。

「うん、でもそのおかげで鍛えられて、みんなが成長してるし、俺も自分にちょっとだけ、自信がついた……かな」

「何かあったときに責任を取って、フォローして回収しプラスにするのが俺の役割だからな」

「結果いちばんかっこいいしオイシイんだもんなー。こんだけ素敵だから、永瀬さんが惚《ほ》れるのも分かるよ」

どうやら、瑛士の身に起こった変化が、周囲にもいい影響をもたらしているらしい。

瑛士が職場でどんな様子なのか、史からは見えないから分からなかったけれど、来間との会話でそれを垣間《かいま》見ることができた。社内の人に信頼されて、彼も仲間を信頼して、ますますいい関係を築けているようだ。

――よかった。好きな人がこんなふうに慕《した》われてるのって、なんかこっちまでうれしくなる。目に見えるほどの大きな変化はなくても、気付けば少しだけ前進している。そんなささやかなよろこびを、これからはふたりでちょっとずつ集めていきたい。

「んじゃ、また買いにきます」

笑顔で会釈する来間を、ふたりで店の中から見送る。

「来間さんに僕たちのこと話せてよかったね」

「そうだな。恋人のことをちゃんと『恋人だ』と言えるのは、うれしいものだな」

瑛士がそんなふうに噛みしめているとき、再び店のドアが開いた。立て続けに二人、女性客だ。あとから入ってきた女性に、史は目を奪われた。

「史、俺はこちらのお客様のオーダーを伺うから」

瑛士が、先に入ってきた若い女性のオーダーを取る横で、史はもうひとりの、ワンピースの上にジャケットをはおった年配の女性に笑顔を向けた。

「いらっしゃいませ」

史が声をかけると女性はややぎこちなく会釈して、「桜のキッシュを三切れと、だし巻きたまごを」とオーダーする。

「少々お待ちください」

ケーキを詰める箱にキッシュを三切れ、だし巻きたまごはプラスチック容器に詰める。

若い女性客が先に会計をすませて店を出たあと、史が対応中の女性だけが店内に残った。

「……元気？」

袋に品物を入れながら史が女性に声をかけると、その人はようやく薄い笑顔になる。

「うん、元気。……久しぶりに史からＬＩＮＥ貰ったから」

ここに来た理由を告げられて、史は「うん」とうなずいた。

「そっちの家族もみんな、元気？」

「みんな元気だし。うちの子も六歳になった」

「小学校上がる前に、連絡して。僕からもお祝いしたいし」

女性は少し驚いたような目をして「……ありがとう」と俯《うつむ》く。

ふたりの会話をそれまで黙って聞いていた瑛士が、史に「どなた？」と目で問いかけてくる。

「僕のお母さん」

瑛士は「あっ」と瞠目《どうもく》し、ばたばたとカウンターの内側から出て、女性の傍に駆け寄った。

母親は小柄で身長差があり、瑛士のその勢いに少しだけ怯《ひる》んだようだ。

母親に「……アルバイトさん？」と訊《たず》ねられ、史は「今日は特別にお手伝い」と返す。

「今日来てくれたらいいなーと思って、ＬＩＮＥを送ったんだ。僕の恋人を、母さんに紹介したくて」

「恋人？」

驚いている母親に、瑛士が「とつぜんで驚かれたでしょうが、はじめまして、加賀谷瑛士です」と挨拶した。

ふたりが向かいあっているところに、史も混ざる。

「今、僕のうちで一緒に暮らしてる。彼は会社員で、今日はたまたま休みだったから」

「そ……そうなんですか……。あら……どうしましょう」

戸惑っている史の母親に、瑛士も「びっくり、しますよね」と苦笑いしている。

「僕もしあわせだよ。だから、何も心配しないでって、言いたかったんだ。会って伝えたほうが、いいかなぁって思って……だから、今日来てくれてよかった」

電話やＬＩＮＥじゃきっとぜんぶは伝わらない。文字だけでは、あたたかさや、空気や、においは届かない。

「……ほんと、しあわせなのね」

ふたりが並んだ姿を見ながら噛みしめるようにつぶやく母親に、史は大きくうなずいた。

多くを語らずとも、自分たちを見てもらえたら、伝わる気がしていたのだ。

店の外まで出て母親を見送る。

最後にこちらを振り向いて小さく手を振る姿に、瑛士は会釈し、史は同じように手を振った。

姿が見えなくなってから、隣の瑛士が「びっ……くりしたぁ」と史に訴えてくる。

「史、先に言っといてくれ〜。俺は心臓が爆発するかと思った」

「ごめんごめん。だって『土曜日に季節限定の桜のキッシュを出すから来てくれたらうれしい』ってメッセージを送っただけだったから、ほんとに来てくれるか分かんなくて」

「息子からそんなメッセージを貰って、来ない親なんているんだろうか」

「……まぁ、そうだよね」

大家族の愛の中で育ったという自身の過去を知った瑛士らしい答えを否定はしないけれど、史は「来ないかもしれない」とも、本気で思っていたのだ。

史は今日ひっそりと、子どものような賭《か》けをしていた。

百パーセントの愛情をかけてもらえなかったから母親は自分以外のものを愛しているのだと思い、それはやがて『自分は少しも愛されていない』という極論になっていた。子どもの頃に心を撲《ぶ》たれるような感覚だったのは事実だ。だから母に対してずっと気持ちを閉ざしたままで生きていくのだろうと思っていた。

——でも来てくれたから。それに、僕に対してずっと『申し訳ない』って思っていてほしいわけじゃないんだよね。僕もそこに囚《とら》われていたくないし。

過去のわだかまりをいつまでも心の箱にしまわず、黒い澱《おり》を捨ててしまえる気がする。

——だって、僕はこうしてゆるぎなく愛されてるから。だから拘《こだわ》ってるより、今傍にいてくれる人の愛をまっすぐに信じたい。そのためにも。

瑛士が自分の隣にいてくれるおかげだ。

毎日、愛されていることを信じさせてくれる人——史は彼に一歩寄り添った。

「今日、会って話せて、恋人だよって紹介できてよかった。しあわせだって伝えることができたのは、瑛士と出会って、こうして僕の傍にいてくれるからだよ」

「来年も、十年後も、いつだって、そう伝えられる俺たちでいたいな」

「うん」

ふと一緒に見上げた春色の空に、ふわりと甘い綿菓子みたいな雲が広がっている。身体の真ん中をさわやかな風が抜けていくような感覚が心地よくて、史は大きく深呼吸した。

透明感のある清々《すがすが》しさが全身に広がっていく。

「もうすぐ桜が咲くよ。日曜日にお弁当持ってお花見に行きたいね」

「売るばかりじゃなく、俺も食べたい」

「じゃあそうしよう」

そんな約束を交わしていると、うしろから「あのー、生たまごサンドありますか？」と声をかけられ、ふたりは声を揃《そろ》えて「はい！　ございます」と息の合ったユニゾンで答えた。

あとがき

AFTERWORD…………………

—川琴ゆい華—


こんにちは。ディアプラス文庫さんでは五冊目、『愛されたがりさんと優しい魔法使い』をお手に取っていただきありがとうございます。お楽しみいただけましたか?

以降、ネタバレ配慮《はいりょ》が希薄なあとがきが続きますので、未読の方はご自衛ください。

このお話の前半は二〇二〇年発売の雑誌『小説ディアプラス』に掲載していただいたもの、後半は書き下ろしです。

掲載されたのは『ファンタジー』という企画テーマがあるアキ号。「獣人、異世界の王などのド直球ファンタジーでもオメガバースでもOK」とのことだったので真剣に考えた結果『メスイキ・えちえちBLファンタジー』を書くことにしました。

そこの経緯《けいい》…はさておき。「はじめてなのに気持ちいい」「濡《ぬ》れてる!?」「挿《い》れたとたんイっちゃう」とかいろいろありますよね、いわゆるBLファンタジー。「リアルだったらあり得ない」と言われたりもする…はい、それです。どこからか「ちょっとなんかテーマから外れてません?」ってツッコミが聞こえた気がしますが、いえいえ、だいじょうぶです。BLファンタジーを魔法使いが魔法でなんとかしてくれるお話なので、テーマ『ファンタジー』をしっかりクリアしています。終始ふざけてません、まじめです。

今回、笠井《かさい》あゆみ先生が描かれる色香漂《ただよ》う美麗男子ですが「俺は魔法使いだ」とキリッと訴《うった》える攻…見た目とのギャップがすごいですよね。そこを個性的で愛すべきキャラというふうに感じていただけたらいいな。攻だけじゃなく受の「メスイキさせて」発言もたいがいですし、デラックスな魔女も強烈ですね。この三人がレストランで食事などしたら絵面的にもおもしろそう…周りのお客さんは気になって仕方ないでしょうけど。

ちょっとおかしなキャラと世界観でしたが、笠井あゆみ先生が素敵に描いてくださいました。笠井先生のイラスト、美しくてファンタジックでとにかく楽しい！　わたしが想像していたアイテムや風景などもろもろお願いせずとも具現化してくださり、その妄想を凌駕《りょうが》するスケールで描かれたカラーなどどれも、にまにまが抑えられないほど高揚《こうよう》しました。先生に描いていただいてしあわせでした。ありがとうございました。

担当様、この原稿はだいぶ早くお渡ししていましたが、他のことでたいへんお世話をおかけしていますね、すみません、ありがとうございます。次のため今後のためにがんばります！

最後に読者様。雑誌掲載時にハガキやお手紙をくださった方も、書き下ろしも含めてひとことでもかまいませんので、ＳＮＳやお手紙であらためてご感想をお聞かせいただけたらとてもうれしいです。ご感想はわたしの元気の源です。どうぞよろしくお願いします。

またこうして、皆様とお会いできますように。

この本を読んでのご意見、ご感想などをお寄せください。
川琴ゆい華先生・笠井あゆみ先生へのはげましのおたよりもお待ちしております。

〒113-0024　東京都文京区西片2-19-18　新書館
[編集部へのご意見・ご感想] ディアプラス編集部「愛されたがりさんと優しい魔法使い」係
[先生方へのおたより] ディアプラス編集部気付　○○先生

- 初 出 -
愛されたがりさんと優しい魔法使い：小説DEAR+20年アキ号（Vol.79）
愛したがりさんと元魔法使いの新しい生活：書き下ろし

[あいされたがりさんとやさしいまほうつかい]
愛されたがりさんと優しい魔法使い

著者：**川琴ゆい華** かわこと・ゆいか

初版発行：2021 年11月25日

発行所：株式会社 新書館
[編集] 〒113-0024
東京都文京区西片2-19-18　電話（03）3811-2631
[営業] 〒174-0043
東京都板橋区坂下1-22-14　電話（03）5970-3840
[URL] https://www.shinshokan.co.jp/

印刷・製本：株式会社 光邦

ISBN978-4-403-52541-4